源実朝

Minamoto no Sanetomo

三木麻子

コレクション日本歌人選051
Collected Works of Japanese Poets

笠間書院

『源実朝』

目次

凡　例

一、本書には、鎌倉時代の歌人源実朝の歌四十七首を載せた。

一、本書は、実朝の作歌方法を明らかにすることを特色とし、それに従って解釈することに重点をおいた。

一、本書は、次の項目からなる。「作品本文」「出典」「口語訳（大意）」「鑑賞」「脚注」・「略伝」「略年譜」「筆者解説」「読書案内」「付録エッセイ」。

一、作品本文と歌番号は、主として『新編私家集大成　実朝Ⅰ』、その他は『新編国歌大観』（万葉集は旧国歌大観番号）に拠り、適宜漢字をあてて読みやすくした。

一、鑑賞は、基本的には一首につき見開き二ページを当てたが、重要な作には特に四ページを当てたものがある。

源実朝

01

けさ見れば山もかすみて久方《ひさかた》の天《あま》の原より春は来《き》にけり

【出典】金槐和歌集・春・一

―正月一日の今朝、眺めてみると空も山も霞《かすみ》がかかっている。春は大空からやってきたのだなあ。―

まず『*金槐集《きんかいしゅう》』の冒頭を飾る歌から始めよう。勅撰集《ちょくせんしゅう》の配列《はいれつ》に従って春の到来を告げる立春《りっしゅん》の歌が歌集の最初に置かれている。二十四節気《せっき》の一つである立春は、旧暦では正月一日の前にくることがあった。その場合、「*旧《ふ》る年に春立ちける」や「年内立春」という題で歌に詠まれたが、やはり新年になってすぐに立春を迎えるのが自然な感覚であったに違いない。この*和歌が詠まれた年は定かではないが、詞書《ことばがき》にわざわざ「正月一日」と書くとこ

【詞書】正月一日よめる。

【語釈】○久方の―「天・月・雲・光」など天に関わる語にかかる枕詞。

*金槐集―源実朝の家集。

*旧る年に―この題で詠まれた有名な歌に、古今集・春上の冒頭を飾る在原元方《もとかた》の

ろに、新しい年を迎えたその日に春が立ったという喜びが見える。

『新古今和歌集』は実朝の少年時代に編《あ》まれた。その完成を祝う宴《うたげ》が行われたのは、元久《げんきゅう》二年（一二〇五）三月のこと。『*吾妻鏡《あずまかがみ》』の同年四月十二日に、実朝の和歌に関する最初の記事として、十四歳の彼が十二首の和歌を詠んだとあり、九月にはその『新古今集』が献上されている。実朝は、父頼朝の和歌が入集《にっしゅう》した同集に深い関心を寄せていたというが、和歌の初学《しょがく》期に新しい勅撰集に触れることは、大きな刺激となったことだろう。*定家《さだいえ》など、そこで活躍する歌人たちの作品をじかに知り、また後鳥羽院《ごとばいん》に対しては文芸の面においても畏敬《いけい》の念を抱くことになったと想像される。

その『新古今集』の巻頭に置かれたのが、「み吉野は山もかすみて白雪のふりにし里に春はきにけり」という摂政太政大臣*良経《よしつね》の歌である。雪が深く寒さが厳《きび》しいとうたわれた吉野の山も立春には霞が立って、古代の離宮《りきゅう》があった里に春が来たとうたう。その歌に習って実朝の右の歌は詠まれている。

この歌の春は、天の原からやって来る。霞は春の象徴で、その霞で満ちた空の下に大きく視界を占めている山にも霞が立ち渡っている、春は空からやって来たのだとそのままいうところが、初学期らしい素直な歌い方である。

「年《とし》の内に春は来にけり一年《ひととせ》を去年《こぞ》とやいはむ今年とやいはむ」という歌がある。新年が来ないうちに立春が来てしまった。この春は去年の春なのか今年の春なのかと洒落た歌。

*和歌が詠まれた年—実際の暦は別にして、家集冒頭を新年立春で始めようという編集であると考えられる。

*吾妻鏡—初代将軍源頼朝から六代将軍宗尊親王《むねたかしんのう》までの主要な歴史事績を記した鎌倉幕府の公的な歴史書。一三〇〇年頃の成立。

*定家—実朝の歌の師として、和歌を添削、『近代秀歌』を与えた。

*良経—詩歌に親しみ、「六百番歌合」を主催、新古今歌人の中でも有力歌人として活躍した。

02

この寝《ね》ぬる朝明《あさけ》の風にかをるなり軒端《のきば》の梅の春の初花《はつはな》

【出典】金槐和歌集・春・一六、新勅撰和歌集・春上・三一

寝て目覚めると、この明け方の風にのって、軒端の梅の初花の香りが薫ってくることだ。

【詞書】梅の花、風に匂ふといふことを、人々に詠ませ侍りしついでに（金槐集）、春の歌とて詠み侍りける（新勅撰集）。

【語釈】○この寝ぬる朝明―寝て起きたこの朝の夜明けごろ。

梅の香りを、目覚めに吹いた風の中に感じる。軒端という寝所《しんじょ》に近い場所にあり、身近に眺めていた梅であるからだが、この春初めての花だというところに、春の訪れを喜ぶ心が表現されている。

『万葉集』*から取った「この寝ぬる朝明の風」という一見まどろこしい表現も、目覚めのぼんやりした意識をうまく表している。また、初花の香りは微《かす》かであるだろうに、「かをるなり」と言い切ったところに、それを発見し

た驚きが伝わってくる歌である。

京から遠く離れた鎌倉の地に、歌壇とも言うべきものが出現するのは、＊宗《むね》尊《たか》親王が第六代将軍として下向《げこう》した建長《けんちょう》四年（一二五二）以降のこととされる。とはいえ、『吾妻鏡』を見ると、実朝の病や重臣の謀反《むほん》などという重苦しい記事に混じって、月の由比《ゆい》ヶ浜で船を出したり、雪、時鳥《ほととぎす》、桜などを求めて外出したりと、風雅《ふうが》に親しむ実朝の姿や、実朝の和歌に関するエピソードがいくつか描かれている。そこには近習《きんじゅ》する＊内藤知親《ともちか》や＊源光行、＊東重胤《とうのしげたね》といった人々が登場し、幕府や御所内でも歌会《うたかい》はかなり開かれていた。

前項で触れたように、実朝は十四歳の四月に十二首の和歌を詠んだと『吾妻鏡』に記されるが、記録されたということは、何か特別な意味があってのことだろう。習作の詠歌はそれ以前もなされていたはずで、前月末の『新古今集』竟宴《きょうえん》のニュースに大いに刺激を受けた実朝が、この時初めて歌を人前に披露《ひろう》したのだとも考えられる。その後、実際に『新古今集』を入手し、作歌にいそしむ日々が始まったのだと想像できる。

右の歌もそうした歌会の折に詠まれたものと思われ、人々にも詠ませ、自身も枕辺《まくらべ》に漂う梅の香をテーマとした歌を二首作った中の一首である。

＊『万葉集』から取った―「秋立ちていく日《か》もあらねばこの寝ぬる朝明の風は袂《たもと》さむしも」（万葉集・巻八・一五五五・安貴王）による。

＊宗尊親王―後嵯峨天皇の第一皇子。文永三年まで将軍を務めて帰洛。続古今集以下に百九十首入集する。

＊内藤知親―定家の歌の弟子で、実朝に新古今や近代秀歌を届けるなど、定家と実朝の仲立ちをした御家人。

＊源光行―後鳥羽院北面《ほくめん》の武士。子の親行《ちかゆき》とともに源氏物語の注釈書の編纂《へんさん》や河内本の本文制定を手がけた。実朝に蒙求《もうぎゅう》和歌を献上。

＊東重胤―平氏。父胤頼以来東氏を名乗る。子の胤行《たねゆき》（素暹《そせん》法師）は実朝と宗尊親王に仕え、武家歌人として名高い。子孫に東常縁《つねより》がいる。

03

みふゆつぎ春し来ぬれば青柳《あをやぎ》の葛城山《かづらきやま》に霞《かすみ》たなびく

【出典】金槐和歌集・春二〇、新勅撰和歌集・春上・三〇

冬に続いて春がやってきたので、青柳の新芽の緑も美しい葛城山には今、霞がたなびいていることだ。

この歌は『万葉集』の「＊み冬継《つ》ぎ春は来たれど梅の花君にしあらねば招《を》く人もなし」と、『新古今集』の「＊白雲の絶え間になびく青柳の葛城山に春風ぞ吹く」という二つの歌によって詠《よ》まれている。上句《かみのく》、下句《しものく》それぞれはほとんど本の歌に依拠しているのだが、実朝の工夫《くふう》はどこにあるのだろうか。

右の万葉の歌は、天平《てんぴょう》二年（七三〇）に大伴旅人《おおとものたびと》邸の宴席で詠まれた「梅花歌三十二首」中の＊大弐紀卿《だいにのききょう》の歌を受けて、十年後に大伴書持《ふみもち》が詠んだ歌。

【詞書】霞を詠める（金槐集）、春の歌とて詠み侍りける（新勅撰集）。

【語釈】○みふゆつぎ―冬に引き続いて。「み」は自然現象につける接頭語。○葛城山―大和国の歌枕。

＊み冬継ぎ…―万葉集・巻十

春は来たけれども、あなた以外に梅を招くことのできる人はいないと、大弐紀卿を寿《ことほ》いだのである。この巻五にある「梅花歌三十二首」の中には、「梅*の花咲きたる園の青柳《あをやぎ》は」、「青柳《あをやなぎ》*梅との花を折りかざし」といった歌が出てくる。書持の「み冬継ぎ」の歌を実朝が目にしたなら、その梅花をめぐる歌々も併《あわ》せて鑑賞したことは想像に難《かた》くない。

一方、新古今の雅経《まさつね》の歌は「葛城山」を題材とし、『万葉集』の「春楊《はるやなぎ》*葛城山に立つ雲の立ちても居ても妹《いも》をしぞ思ふ」を踏まえたもの。「春楊」は葛城の枕詞《まくらことば》だが、鎌倉時代*にはこれを「あをやぎの」と訓《よ》むようになった。雅経は当時の訓みに従い、「青柳の」を枕詞として用いながら、白雲の間から見える青柳の緑という色彩的な美しさを詠もうとしている。

実朝は、歌の題である「霞」に梅・青柳・葛城山という語をキーワードとする右にあげた様々な歌、『万葉集』を出典とする歌の言葉を組み合わせた。古歌《こか》を読み、その世界に浸り、その言葉を利用しながら、雅経に倣《なら》って、「青柳」に山を彩る新緑のイメージを持たせようとしたのである。

季節の変化を告《つ》げつつ、白雲の代わりに山を立ち隠す霞をたなびかせて、のどかな、スケールの大きい歌に仕立てたところに、実朝の工夫があった。

七・三九〇一・大伴書持《ふみもち》。冬に続いて春は来たのに、梅の花を君以外の誰が招くことができるだろうか。

*白雲の…—新古今集・春上・七四・飛鳥井雅経。

*大弐紀卿の歌—「正月《むつき》立ち春の来たらばかくしこそ梅を《を》招きつつ楽しき終《を》へめ」(万葉集・巻五・八一五)。

*梅の花…—万葉集・巻五・八一七・小弐粟田大夫。

*青柳…—同・八二一・笠沙弥。

*春楊…—同・巻十一・二四五三・寄物陳思歌。

*鎌倉時代にはこれを—廣瀬本万葉集や鎌倉末期書写の西本願寺本万葉集などに見える訓。

04

ながめつつ思ふも悲し帰る雁《かり》行くらむ方《かた》の夕暮れの空

【出典】金槐和歌集・春・五七

夕暮れていくさまをじっと眺めながら、これからこの空をたどって雁は北へ帰って行くのだと思うと、それに思いを馳《は》せるのも悲しいことだ。

八月に北の国から日本へ渡ってくる雁《かり》は秋の深まりを告げるものだが、二月の雁は、*「春霞立つを見捨てて行く雁」、*「見れどあかぬ花の盛りに帰る雁」などとうたわれるように、春の美しさを見捨てて北へ帰る雁である。

詞書《ことばがき》に言う、夕暮れに一人たたずんで空を眺めるという行為は、実朝の孤独な姿を浮き彫りにする。夕暮れ時の物悲しさに増幅された孤独感に満たされていると、雁の声が聞こえた。その声にはっと気づいて、まなざしは雁

【詞書】如月《きさらぎ》の二十日あまりの程にやありけむ、北向きの縁《えん》に立ち出でて、夕暮れの空を眺めて一人居るに、雁の鳴くを聞きてよめる。

＊春霞…――「春霞立つを見捨てて行く雁は花なき里に住みや馴らへる」（古今集・春

の方へ向かい、実朝の思いも北へ向かう雁に集約されていく。群《む》れて帰るとはいえ、寄《よ》る辺《べ》ない虚空《こくう》を飛ぶ雁は、自らの力に頼るしかない。雁も孤独なのだと思えば、自身の姿をつい雁の上に重ねてしまう。実際、自分の姿を雁に投影して、実朝はこの歌を詠《よ》んだのであろう。

　ふつう、実朝の本領は実感に根ざした自由な詠みぶりにあるとされるが、彼は当時の歌人として当然ながら、新古今風の題詠《だいえい》から歌を学んだ。この歌も、写実詠《しゃじつえい》でありながら、その言葉は、*『新古今集』のある歌の言葉に重なり、題詠のように詠まれている。この微妙な食い違いを、初期の模倣期《もほうき》を脱しようとしていた頃の過渡期の作品だとして*処理する説もある。

　しかし、題詠にも作者の思いは籠《こ》められるだろう。実朝は、溢《あふ》れるばかりの自らの心を、先行する歌の言葉にあえて閉じ込めようとするのである。先行する和歌の多くのたぎる思いをその言葉によって再生し、自らの心を重ねていく。自らの実感を、古典和歌の手法を利用して先行する言葉で語らせようとしたとき、実朝にとって和歌は表現手段として新しい意味を持ったのだと思われる。彼は、題詠歌でもこうした実詠《じつえい》歌でも、直接的に自分の言葉で語ろうとはしないが、それこそがまた、彼の心の反映であるのだろう。

上・三一・伊勢)。

*見れどあかぬ…—「見れどあかぬ花の盛りに帰る雁なほ故郷《ふるさと》の春や恋ひしき」(拾遺集・春・五五・読人知らず)。

*『新古今集』のある歌の言葉—「眺めつつ思ふもさびし久方の月の都の明け方の空」(秋上・三九二・藤原家隆)。

*処理する説—角川書店『鑑賞日本古典文学第十七巻金槐和歌集』(片野達郎)の説。

05

山風の桜吹きまく音《おと》すなり吉野《よしの》の滝《たき》の岩もとどろに

【出典】金槐和歌集・春・七一

―桜の花に吹きつけ、巻きあげる山風の激しい音がしている。吉野の滝が轟《とどろ》き落ちる音と響き合うようにして。―

詞書によれば、屏風《びょうぶ》に描かれた絵を見て詠んだ歌。『金槐集』には、他《ほか》にも「屏風に吉野山かきたるところ」（六〇）という題で花を詠んだ歌があるので、春山を描いた屏風が実朝の身近にあったのだろう。

絵とともに鑑賞されることを想定して詠まれる屏風歌《びょうぶうた》には、その絵の中の世界に分け入って詠むという伝統がある。絵の中の世界を想像し、絵の中の世界の、絵には描かれていないものを歌で補《おぎな》おうとするのである。その時、

【詞書】屏風の絵に。

【語釈】○とどろに―響きわたるような大きな音。岩を響かせて滝が落ちる音。

絵に描くことが不可能な「音」を、歌に詠み込むことはなかば常識であった。

この歌は厳密な意味での屏風歌とは言えないが、今その常識に従って、この実朝の歌をみてみよう。まず、絵に描かれた山をなぜ吉野山だとしたのだろう。吉野の名所である滝が描かれていたのか、雪と桜が名物であったところから、「*吉野山消えせぬ雪と見えつるは峯つづき咲く桜なりけり」などとうたわれたような、雪にみまがう桜が描かれていたのであろうか。今となっては分かるはずもないが、実朝は眼前《がんぜん》の絵にまず「滝」の音を感じ、さらに描《えが》かれた桜を巻き上げる「風」を感じとって、これを詠んだ。

実朝が選んだこの「音」は、『万葉集』に「*み吉野の滝もとどろに落つる白波」と表現された、たぎり落ちる水が岩を打つ音であった。「吉野の滝の岩もとどろに」という下句《しものく》の背景には、「*五月雨《さみだれ》の空もとどろに郭公《ほととぎす》なにを憂《う》しとか夜《よ》ただ鳴くらむ」という歌がある。雨音と響き合うほととぎすの声が激しく耳を打つこの歌のように、実朝は山風の音と滝に轟く水の音を重ね合わせたのである。

しかし、桜を吹き上げる「風」を詠んだ「*山風に桜吹きまき乱れなむ花の紛《まぎ》れに立ち止まるべく」や、「*立ち止まりなほ見てゆかむ春風の桜吹きまく

*吉野山…―拾遺集・春・四一・読人知らず。

*み吉野の…―万葉集・巻十三・三二三二、三二三三などに見えるもの。

*五月雨の…―古今集・夏・一六〇・紀貫之。

*山風に…―古今集・離別・三九四・僧正遍昭。山風が桜を吹きまいて散り乱してほしい。あなたが花に紛れて立ち止まるように。

*立ち止まり…―正治初度百首・一四一七・藤原家隆。

志賀の山越え」といった歌々にしても、そこに見えるのは、花びらの乱舞《らんぶ》というシーンであって、風の音はない。とすれば、桜を吹き上げる風を激しい「音」として捉《とら》えたのは、実朝の創造であったことになる。常識的に絵の中の世界に聞こえる「音」ではなかった。

また、*後鳥羽院《ごとばいん》が詠んだ「*み吉野の高嶺《たかね》の桜散りにけり嵐も白き春の曙」という歌が思い出される。しかし、この院の歌は色彩の歌である。桜を吹きまく風全体が桜の花びらで白くそまる春の明け方、吉野山の桜を散らす風は荒き風、嵐ではあるが、やはりここに音はない。曙《あけぼの》の空と虚空《こくう》を埋める桜の花びら、それぞれの白の濃淡《のうたん》が、歌の世界全体を覆《おお》い尽くしているだけである。

では、本来が無音《むおん》の絵に実朝が響かせた「嵐」と「滝」の音は、一体実朝の中の何を表現するのだろうか。

*識者《しきしゃ》は、新古今時代の屏風歌は「絵画に強く依存せず、観念的に詠まれた題詠をそのまま屏風歌として色紙形に押すケースが多かった」という。こう指摘した上で、やわらかな春の風を嵐のように聞く右の実朝の感性について、「人と絵画が一つになって荒れ狂うといった趣《おもむき》の歌」であって「なにか内面に鬱屈《うつくつ》したものがなければ出て来ぬ姿であり、調べであろう」ともいう。

＊後鳥羽院―第八十二代天皇。多芸多才で、『新古今集』撰集を下命。承久の乱に敗れ隠岐に配流された。

＊み吉野の…―新古今集・春下・一三三・後鳥羽院。

＊識者は―04に引いた角川『鑑賞日本古典文学』の解説に同じ。

たしかに青年実朝が、そうした憂鬱《ゆううつ》を抱えていたということはある。『吾妻鏡』を開くと、将軍になった翌年の元久《げんきゅう》元年（一二〇四）、実朝十三歳の一年間は、御所心経会《しんぎょうえ》、弓始め、読書始めなどを皮切りに、＊二所権現参詣《にしょごんげんさんけい》の準備、由比《ゆい》ヶ浜での＊笠懸《かさがけ》見物、天台止観《てんだいしかん》談義の開始、勝長寿院《しょうちょうじゅいん》参詣、頼朝の親書書写、地頭《じとう》職争論の決裁、由比ヶ浜明月《めいげつ》鑑賞の船出、将門《まさかど》合戦絵巻愛《あい》玩《がん》、京都より御台所《みだいどころ》到着というように、将軍家としての文武《ぶんぶ》両面にわたる学問の受容《じゅよう》に、多彩な日々を送ったことが知られる。その一方、兄＊頼家《よりいえ》はこの年、二十三歳で暗殺されている。多忙な日々の傍《かたわ》らで、幕府への謀反《むほん》勢力が次々と潰《つぶ》されていく権力闘争も日常化し始めていた。兄の追放と死を代償として彼が手に入れた将軍位は、父から受け継いだものであっても、少年にはとてつもない重圧であったことは想像がつく。

しかし、実朝自身が持っていた本来の感性とこの重圧との間で、彼が「心」をそのまま和歌に投影することはなかった。古典和歌自体、そのように心を直接描写するものではない。それでも＊「心」を「言の葉」にするのが和歌であるのだから、彼の心象はいきおい風景となって描かれる他なかった。その一つの光景が、渦巻く風と水流の音なのである。

＊二所権現―箱根権現と伊豆山権現のこと。22参照。

＊笠懸―遠距離にある的を騎射する競技。もとは笠を的に懸けたことからの名称。

＊頼家―鎌倉幕府第二代将軍で、頼朝の長男。比企能員《ひきよしかず》と北条氏討伐を企て失敗した。

＊「心」を「言の葉」にする―古今集仮名序に「大和《やまと》歌は人の心を種としてよろづの言の葉とぞなれりける」（紀貫之）とある。

06

山桜《やまざくら》今はの頃の花の枝《え》に夕べの雨の露《つゆ》ぞこぼるる

【出典】金槐和歌集・春・八〇

山桜が今はもう散ってしまうという頃、花の枝に、まるで別れを告げる花の涙のように、夕暮れの雨のしずくがこぼれ落ちている。

【詞書】雨中の夕べの花。

「今は」という語は、今はもうお別れの時だという意味で、恋人との別れをうたう時によく使われた。右の実朝の歌が、直接的にその言葉を摂取《せつしゅ》したと思われる「*龍田姫《たつたひめ》今はの頃の秋風に」という良経《よしつね》の歌も、秋の女神である龍田姫が「今は」と別れを告げる意で、秋を擬人化《ぎじんか》して詠んだものである。

実朝の歌の「今は」にも、やはり山桜が「今は」と別れを告げる頃《ころ》というニュアンスがあって、あたかも桜が流す涙のように、夕方の雨露が枝にこぼ

*龍田姫―下句「時雨を急ぐ人の袖かな」(新古今集・秋下・五四四・良経)。

れ落ちるとうたう。桜は、満開の時の眺《なが》めや、空を覆《おお》い尽くして散る花びらを詠むことが多いが、今にも散りそうな桜を、雨露とともに捉《とら》えたことで、新古今的な繊細《せんさい》な歌となり、実朝らしさが現れてきている。

『金槐集』ではこの歌の直後に、同じ題で「山桜あだに散りにし花の枝《え》に夕べの雨の露の残れる」という歌が載《の》る。この連続する二首については、「一つの題で、幾通りにも作歌する練習」と指摘があり、たしかに習作期《しゅうさくき》の作ではあるのだろう。しかし、「あだに散る」という表現には、桜がはかなく散るという本来の意味の他に、誠実《せいじつ》ではないという意味も連想されよう。桜は浮気な恋人のように、人の気持ちを無視してさっさと散るということになる。だから、花の枝に雨のしずくが残るというのは、先の歌の「花が別れを惜《お》しむ涙」とは逆に、こちら側の花を恨《うら》む心が涙の露となって枝に残るという意味合いが出てくる。「今は」と並んで「あだに散る」という語を用いて、桜を擬人化し、涙へと連想を誘うように表現を工夫しているのである。

花の散る前と散った後という順で配列するこの定家本《ていかぼん》の並びは、「今は」という花が「あだに」散ってゆくさまを、雨の露の意味を両様《りょうよう》に変化させて読ませる趣向《しゅこう》であって、二首ともにここに並ぶことが必要だったのである。

＊山桜……―山桜がはかなく散ってしまった枝に、夕暮れに降った雨の露だけが残っている、という意味。あだな桜を恨む私たちの涙であろうか。

＊一つの題で……―日本古典文学大系『金槐和歌集』の解説（小島吉雄）。

＊定家本―定家所伝本ともいう。本書のテキストとして使用している本。実朝による自撰家集で、実朝から定家の許《もと》へ贈られ、定家の監督の下に書写されて伝えられた。

07

行《ゆ》きて見むと思ひしほどに散《ち》りにけりあやなの花や風《かぜ》立たぬまに

【出典】金槐和歌集・春・八三

行って見ようと思っている間に散ってしまったのだなあ。風も立たないうちに散るなんて、なんと不条理な花ではないか。

自然の摂理《せつり》のまま散っていった桜に対して、「不条理だ」と嘆くのも道理が通らないことだが、作者はせめて風が吹いて散らしたのならば、それも許そうというのである。たとえば『古今集』に「*鶯《うぐひす》の鳴く野辺《のべ》ごとに来てみれば移ろふ花に風ぞ吹きける」という歌がある。散る花を惜しみ、鶯がしきりに鳴く野辺に来てみると、さらに無情《むじょう》の風が吹いて花をいっそう散らしていることよという。この歌のように、花を散らす風を恨《うら》めるのなら、まだ心

【詞書】三月の末《すゑ》つ方、勝長《しょうちゃう》寿院《じゅゐん》に詣でたりしに、ある僧、山かげに隠れをるを見て、花はと問ひしかば、散りぬとなむ答へ侍りしを聞きて詠める。

○勝長寿院―鎌倉大御堂《おおみどう》ケ谷にあった寺。頼朝が建立《こんりゅう》し、実朝もここに葬

の行き場はある、少なくとも、鶯も風を恨んで鳴くのだと納得できるだろう。
ところが、実朝はこの時、早く行って花を見ようとずっと心に懸《か》けてきた。それなのに、なかなかその望みは果たせず、三月の末になって来てみると、もう花は散ってしまっていたという。自らを恨まないとすれば、花のせいにするしかないわけだが、「あやなし」と非難されるのはむしろ人の方であろう。しかし『古今集』の歌に「*山吹はあやなな咲きそ」(わけもなく咲くな)などと言われたりもするのだから、花も迷惑というものである。

この歌はとっさに詠まれたようにみえるが、右の「山吹はあやな」といった表現が念頭《ねんとう》にあって作られ、また、新古今集歌「*起きて見むと思ひしほどに枯れにけり露よりけなる朝顔《あさがほ》の花」から、上句《かみのく》の言葉と発想を得ている。特に「思ひしほどに」という言回《いいまわ》しは、実朝のお気に入りで、*他に二首にも使っている程《ほど》である。なお『金槐集』はこの歌に続け、「桜花咲くと見しまに散りにけり夢か現《うつつ》か春の山風」というやはり*古歌《こか》を踏まえた歌を載せている。咲いた桜を確かに見たのに、散ってしまった今は、それが現実だったのか夢の中の出来事だったのか分からなくなったというのだが、自分の心を古歌の心に寄《よ》り添《そ》わせてうたう彼の創作方法がよく分かるだろう。

られたが後に廃絶した。

【語釈】○あやな—形容詞「あやなし」の語幹。道理が立たないなどの意。

*鶯の……—古今集・春下・一〇五・読人知らず。

*山吹は……—下句は「花見むと植ゑけむ君が今宵来なくに」(古今集・春下・一二三・読人知らず)。

*起きて見む……—新古今集・秋上・三四三・曾禰好忠。

*他に二首—金槐集・春・三七および五四。

*古歌—「空蟬《うつせみ》の世にも似たるか花桜咲くと見しまにかつ散りにけり」(古今集・春下・七三・読人知らず)、「桜花夢か現か白雲のたえてつねなき峰の春風」(新古今集・春下・一三九・家隆)など。

08

君ならで誰《たれ》にか見せむわが宿の軒端《のきば》ににほふ梅の初花《はつはな》

【出典】新和歌集・春

あなたでなくて、いったい誰に見せようか。私の家の軒端近くに美しく咲き匂う、今年一番に咲いたこの梅の花を。

『吾妻鏡』には、*建暦《けんりやく》二年（一二一二）二月一日、実朝が和田朝盛《とももり》を使者として*塩屋朝業《しおやともなり》に梅花《ばいか》一枝を贈ったという記事が見える。実朝は「誰にか見せむ」とだけ言って贈るよう命じたという。朝業は実朝の死をきっかけに出家《しゅっけ》した忠臣で、その家集『信生《しんしょう》法師集』にはその当時の歌を残している。この時の朝業の返歌《へんか》は『*玉葉和歌集《ぎょくようわかしゅう》』に載るが、実朝の歌は、朝業一族の編《あ》んだ『*新和歌集《しんわかしゅう》』に朝業歌とともに載っており、これはそこにみえる歌である。

【詞書】鎌倉右大臣家より梅を折りて給ふとて。

*建暦二年―正しくは建暦三年二月一日のことであろうという。大谷雅子「将軍実朝と近臣の間に交わされた歌」（『和歌が語る吾妻鏡の世界』新人物往来社・一九

上句《かみのく》の「君ならで誰にか見せむ」という強い反語《はんご》は、『古今集』の*「君ならで誰にか見せむ梅の花色をも香《か》をも知る人ぞしる」という歌による。梅を贈られた朝業は、まさにこの「色をも香をも知る人」に当たるというのである。軒端の梅は実朝がこよなく慈《いつく》しんだものであった。その初花を人に先立って見せたいと言われたのだから、朝業の喜びもいかばかりであったか。

「にほふ」という語は本来視覚的な美を表し、艶《つや》やかに照り輝く花の美しさを表現する言葉であったが、平安時代からは嗅覚《きゅうかく》をも表すようになり、美しさも香りも渾然《こんぜん》一体として詠まれたりする。梅の花の場合は特に両方を表す「にほひ」の意味でとるのがふさわしい。

朝業の返歌は「嬉しさも匂ひも袖に余りけりわがため折れる梅の初花」とあって、初花を贈られた嬉しさが包み切れずに匂いとともに袖から溢《あふ》れてしまうというのだから、香りのことに転じているのが分かる。それは*「折りつれば袖こそにほへ梅の花」と詠まれるように、梅の香は袖に移るほどかぐわしいとうたうのが当時の感性であったことにもよるが、一方で、袖に梅の花を押しいただいている受け手の側の喜びの大きさが伝わってくる。実朝の歌は、現実の場で周囲にそういう感動を呼びおこすまでになっていたのである。

九六)。

*塩屋朝業―実朝に仕えた鎌倉幕府の御家人。

*玉葉和歌集―朝業の歌は雑一・一八五五に「鎌倉右大臣、梅の枝を折りて誰にか見せんとて遣はして侍りける返事に」という詞書で載る。

*新和歌集―関東武士の名門宇都宮一族の歌を中心に、一族と関わる京都・鎌倉の文化圏に属する人々の歌を載せる。十三世紀半ばの成立。朝業の兄宇都宮蓮生《れんしょう》の歌が最も多く載る。

*君ならで…―古今集・春上・三八・紀友則。

*折りつれば…―下句は「ありとやここに鶯の鳴く」(古今集・春上・三二・読人知らず)。

09

あしびきの山時鳥《やまほととぎす》深山《みやま》出《い》でて夜《よ》ぶかき月の影に鳴くなり

【出典】金槐和歌集・夏・一二七、風雅和歌集・夏・三三二

時鳥が深い山の奥から出てきて、いよいよ深夜《しんや》の月の光のもとで鳴くようになったのだなあ。

【詞書】時鳥の歌（金槐集）、郭公を聞くを（風雅集）。

定家本『金槐集』の夏の部では、ほととぎすが鳴くことを期待する「時鳥《ほととぎす》を待つ」歌々から、「山家《さんか》の時鳥」という題へ移り、この歌からその鳴き声を上空に聞くという並びになっている。ちょうど勅撰集の配列のように、歌々が時間の流れに沿《そ》って配置《はいち》されていることが分かる。

この歌では、「山時鳥」とあるので、まだ里までは近づかないものの、木々の生《お》い茂《しげ》った「深山《みやま》」からはもう出てきていて、月光のさす場所で鳴く

その声が作者の耳に届いた、というのである。

「夜ぶかき」とあるのは、『古今集』の「五月雨《さみだれ》に物思ひをれば郭公《ほととぎす》夜ぶかく鳴きていづち行くらむ」という歌による。もともとほととぎすは深夜に鳴くものであるが、この『古今集』の歌では、物思いに沈むわが身を残して、お前は自由にどこへいくのかと、ほととぎすを羨《うらや》んだ歌となっている。

また、下句《しものく》の「月の影に鳴く」という表現は、「わが心いかにせよとて郭公雲間《くもま》の月の影に鳴くらむ」という『新古今集』の歌の影響がある。しかし、この歌でも、作者の鬱屈《うっくつ》した気持ちはほととぎすから取り残されている。ほととぎすは物思いをする身に、さらに憂鬱《ゆううつ》を深める声を聞かせる鳥として詠まれてきたようだ。

しかし、この実朝の歌は違っている。作者は別に憂愁《ゆうしゅう》にとらわれてほととぎすを聞いたわけではない。ほととぎすが深更《しんこう》に鳴くのは、月が充分に高く昇ってからという意味であって、作者は月明かりの中で思う存分に鳴くほととぎすを聞くのである。物思いにとらわれた古い歌々とは対照的《たいしょうてき》に、シンプルだが、ほととぎす自身が晴ればれと鳴き声をたてる喜びや、それをそのまま素直に聞く作者の喜びまでが直接伝わってくる歌だといえよう。

＊五月雨に……古今集・夏・一五三・紀友則。

＊わが心……新古今集・夏・二一〇・藤原俊成。

10

萩《はぎ》の花暮れぐれまでもありつるが月出《い》でて見るになきがはかなさ

【出典】金槐和歌集・秋・一八八

萩の花は先ほどの日暮れまでは残っていたのだが、月が出てからふと見てみるともうない。そんなはかない花だったことだ。

詞書《ことばがき》からも、作者の息づかいが伝わってくるようだ。実朝は、暮れ方から萩がまだ少しは残っていると目に留《と》めていた。少しの間《あいだ》を置いて、月光が射してきたのでもう一度月明かりで確かめようとすると、もう萩はなかったというのだ。先の04の帰雁《きがん》の歌もそうだったが、実朝が一人で過ごす時には、詞書どおり「散りにたるにや」と、庭の萩に目を留めるやさしさがある。

この歌には珍しく、他の歌々に見られたような古歌《こか》の影響がない。歌によ

【詞書】庭の萩、わづかに残れるを、月さし出でてのち見るに、散りにたるにや、花の見えざりしかば。

【語釈】○暮れぐれ―日の暮れるころ。他の歌集には見えない語である。

く詠まれる「萩」や「月」、その他ありふれた普通の言葉を連《つら》ねて歌ができている。心に浮かぶ言葉がそのまま和歌になっているだけのようで、庭に広がる萩の枝先の小さな花を探そうとする実朝の繊細《せんさい》な心が浮かんでくる。

もっとも、この萩は本当に散ったのかというと、そうでもない。この歌については、*川田順《かわだじゅん》の次の評言がある。「愚考によれば、この時萩の花はまだ散っていない。月光に見失っただけである。暮々までも、たった今迄見ていた、咲いていた萩の花が瞬時に散り終わる筈がない。萩の花は、たとい風がふいてもそうした散り方をする植物ではない。散ってしまったものを『月出でてみるになきがはかなさ』と云ったのでは、何の変哲《へんてつ》もないことになる」。小さな花が月の光に照らされて、その存在が光の中に白く紛《まぎ》れてしまう。ありながら見失う、そのはかなさを言ったのだというのである。

とすれば、詞書の「散りにたるにや」は、もちろん、実朝が萩は散っていないことを知りながら記《しる》した言葉と解さなくてはいけないだろう。

確かにある筈《はず》のものを見失う、そんな微妙な危《あや》うさと悲しさをこの歌は教えてくれるようだ。それが、可憐《かれん》で残したいものであれば、余計《よけい》に悲しい。実朝はそういう微妙《びみょう》なものに向ける目を持っているのである。

*川田順―大正・昭和期の歌人。この評は厚生閣刊『源実朝』(一九三八)に見え、鎌田五郎『金槐和歌集全評釈』(一九八三・風間書房)が抄出している。

【補注】実朝がこの歌に示した繊細な光と花への感覚は、後の永福門院の「花の上にしばしうつろふ夕づく日いるともなしに影きえにけり」(風雅・春中・一九九)という歌に通うものがある。

11　海《わた》の原八重《やへ》の潮路《しほぢ》に飛ぶ雁《かり》の翼《つばさ》の波に秋風ぞ吹く

【出典】金槐和歌集・秋・二二三、新勅撰和歌集・秋下・三一九

大海の幾重《いくえ》にも重なる波の上を飛んでいく雁の翼が、海の波に重なって見え、海上を秋風が吹きぬけてゆく。

詞書には、海のほとりを過ぎる時に詠《よ》んだ歌とある。つまり、この歌は実《じつ》詠《えい》の歌だとみることができる。実朝の歌は古くは＊賀茂真淵《かものまぶち》、近代の子規《しき》や茂《も》吉《きち》以来、周知《しゅうち》のように万葉風の歌がよいとされてきた。しかし、実詠であろうと題詠《だいえい》であろうと、そこに実朝独自の心が詠出《えいしゅつ》されるのであれば、どちらがきっかけになろうとあまり問題ではないと考えるべきだろう。

『金槐集《きんかいしゅう》』の自撰家集を書写した定家は、『＊新勅撰集《しんちょくせんしゅう》』を編む時、「秋歌

【詞書】海のほとりを過ぐとて詠める（金槐集）。

【語釈】○海の原―「わた」は海のこと。大海原。○潮路―潮の流れる道筋で、舟の道、海路をいう。

＊賀茂真淵―江戸期国学者。『万葉集』を学び注釈や歌

よみ侍《はべ》りけるに」としてこの歌を採《と》った。また、＊柳営《りゅうえい》亜槐《あかい》本と称されているもう一つの『金槐集』のテキストは、この歌を「海上の雁」という題で載せている。定家はこの歌の詠みぶりから題詠と位置づけたとも取れるし、同様に柳営亜槐本が「海上の雁」とつけたというのは、実朝の歌がその作歌時の契機《けいき》に特に左右されるものではなかったということを示している。

この歌は、新古今風に、海から雁の翼に焦点を切り替えて、「風」が捉《とら》えられる。新古今時代に「雁の翼」を詠む例は多いが、「＊翼の波」という表現は、和歌の浦を飛ぶ鶴の例が一つあるぐらいである。おそらく、実朝の脳裏《のうり》にはこの時、源頼政《みなもとのよりまさ》の「＊天《あま》つ空一つに見ゆる越《こし》の海の波を分けても帰る雁がね」という歌の雁の姿がイメージとしてあったのだと思われる。

秋の一日、そんな歌の言葉や映像が、実際の海のほとりで海上を飛ぶ雁を見た時に甦《よみがえ》った。それらを組み立てて歌を作ることは、同時代の歌人たちの作歌方法と異なるものではないし、題詠と変わるものでもない。しかし、それでも言葉が歌になったときに、作者の心は雁の姿に重なって詠出されている。それが実朝の歌の独特なところで、次に続く「＊眺めやる心も絶えぬ海《わた》の原八重の潮路の秋の夕暮れ」という心象も、雁の姿から詠まれたのであろう。

論書を著《あらわ》した。

＊新勅撰集―『新古今集』に次いで定家が単独で撰集した第九番目の勅撰和歌集。

＊柳営亜槐本―実朝の死後、将軍（柳営）にして大納言（亜槐）を兼ねた人が編集したとされる『金槐集』の伝本。

＊翼の波―「和歌の浦や潮干をさしてゆく田鶴《たづ》の翼の波に宿る月影」（最勝四天王院障子和歌・源通光）。

＊天つ空…―千載集・春上・三八・源頼政。

＊眺めやる…―波の重なり合う大海を眺めていると、雁を見て感じた思いも、さまざまな感慨も何もかも海に消えてゆく秋の夕暮れだという意味。

12

濡《ぬ》れて折《を》る袖の月影《つきかげ》ふけにけり籬《まがき》の菊の花の上の露

【出典】金槐和歌集・秋・二五六、新勅撰和歌集・秋下・三一六

籬に植えた大切な菊を折り取った袖に、花の上の露がこぼれかかる。その袖の露に映る月の光からも、夜が更けたことが感じられる。

前歌と同様この歌も『新勅撰集《しんちよくせんしゆう》』に撰《えら》ばれた。『金槐集』では実詠と思われる詞書を、「月前の菊」と題詠風に変えている点も同じである。「月」と「菊」とその上の「露」を詠んで、すこし素材過多の感じもあるが、これは『古今集』業平《なりひら》*の歌「濡れつつぞ強ひて折りつる年の内に春は幾《いく》*日もあらじと思へば」を承《う》けている。業平の歌は、三月の晦日《みそか》に雨中《うちゆう》の藤を折り取ることで惜春《せきしゆん》の心を詠んでいるのだが、その藤を菊に、雨を菊の露

【詞書】月夜、菊の花を折るとて詠める（金槐集）、月前の菊といへる心を詠み侍りける（新勅撰集）。

【語釈】○籬―竹や柴などを荒く編んで作った垣根。○ふけにけり―「ふく」は「夜が更ける」のように本来時

に変えて詠んだ実朝の歌も、根底に菊を愛《いとお》しむ繊細な心を秘めている。
さらに、この歌の「月影」とは、籬《まがき》の菊に置いた露が、菊を折り取った袖に移り、その袖に移った水滴に宿《やど》る月光ということで、非常に微細《びさい》な光である。それを「ふけにけり」と詠むのは、たとえば定家が風に対して「*風ふけて」と詠み、あるいは*家長《いえなが》が「*露ふけにけり」と詠んだように、本来使われない物に「ふける」を当てて特有な情趣《じょうしゅ》を生み出そうとした新古今的な表現を取り込んだもので、かなり大胆な表現だといってよい。
定家は、承久《じょうきゅう》の乱後に単独で編んだ『新勅撰集』に、まだ若いこの鎌倉将軍実朝の和歌を二十五首も載せている。それは鎌倉幕府に対する政治的配慮もあろうが、破格《はかく》とも言えるこの扱いは、何より実朝が定家の和歌の弟子であったという理由によるのだろう。またそれとともに、この歌のように、実朝が詠み得た繊細な視点と大胆な言葉の組み合わせといういかにも新古今的な表現を、定家は、実朝が鍛錬《たんれん》の結果、手に入れた一つの到達点とみなしたのだろう。和歌への精進《しょうじん》の日々に、実朝は『新古今集』の歌を追体験《ついたいけん》していたことだろう。それを定家は評価したのではないだろうか。
以下、実朝の『新勅撰集』入集歌《にっしゅうか》をさらに見ていくことにしよう。

間の経過を示す語だが、月が時間とともに光を変化させる意ともなり、新古今時代には「風」や「露」に対しても使われた。

*業平—在五《ざいご》中将とも。古今集以下の勅撰集に多数入集し、業平の歌を主に用いて『伊勢物語』が作られた。

*濡れつつぞ……—古今集・春下・一三三・在原業平。

*風ふけて—「さむしろや待つ夜の秋の風ふけて月をかた敷く宇治の橋姫」(新古今集・秋上・四二〇・定家)。

*家長—後鳥羽院に仕え、新古今集の編集実務を担当。『家長日記』を残した。

*露ふけにけり—「秋の月しのに宿かる影たけて小笹が原に露ふけにけり」(同・四二五・源家長)。

13

雁《かり》鳴きて寒き朝明《あさけ》の露霜《つゆしも》に矢野の神山《かみやま》色づきにけり

【出典】金槐和歌集・秋・二六一、新勅撰和歌集・秋下・三三七

雁が鳴いて、秋の深まりを知らせる今朝の寒い明け方に降りた露や霜で、ここ矢野の神山は紅葉したことだ。

【詞書】秋の末に詠める（金槐集）、題知らず（新勅撰集）。

【語釈】○矢野の神山―万葉集に一例見える歌枕。ただし「矢野の神山」の場所は特定されていない。

これまで見たとおり、実朝の歌には様々《さまざま》な歌集を摂取《せっしゅ》した跡《あと》が見えるが、地名表現を多く取り込んだことも顕著《けんちょ》である。それも王朝和歌《おうちょうわか》にはあまり見えない地名を詠む。それは、実朝が東国《とうごく》に在住したからその地を詠み込んだという単純なことではない。確かに「箱根」や「伊豆」などが見える。しかしそのほとんどの地名詠は、他の歌人《かじん》と同じく、先行和歌の歌枕《うたまくら》表現を学ぶとともに、『万葉集』から多くを学んだ成果であったのだ。

この「矢野の神山」もその一つである。実朝は『万葉集』に多く詠まれている「高円《たかまど》」「佐保山《さほやま》」「龍田山」などを用いて、巻十に載るような紅葉《こうよう》の歌を幾《いく》つも詠んでいるが、「矢野の神山」は『万葉集』に一例*しかない珍しい例である。定家がその点を評価したのは、同じく万葉一例の「妹《いも》が島形見の浦」を詠んだ歌（14）を『新勅撰集』に採ったことでもわかる。

　後鳥羽院《ごとばいん》の主導で作られた『新古今集』は、それまでの勅撰集の先例を破り、『万葉集』からも採歌《さいか》する方針を立てた。藤原良経が書いたとされる序文にも、巻々《まきまき》の紹介にその万葉歌を引用している。少し前の院政期《いんせいき》の頃から、『万葉集』が詳《くわ》しく読み解《と》かれるようになり、定家も相伝《そうでん》の『万葉集』一部を実朝に贈っている。実朝の『万葉集』に対する関心は深まらざるを得なかっただろう。ちなみに、定家は右の「妹が島形見の浦」の本《もと》*となった万葉の原歌を『新勅撰集』の雑部《ぞうぶ》に入れ、さらに藤原知家《ともいえ》*が詠んだ同じ歌枕の歌を羇旅部《きりょ》に入れていて、この万葉歌枕を意識して撰入《せんにゅう》しているのである。

　この実朝の歌は、すっきりと矢野の神山の紅葉を詠んで、オーソドックスな叙景歌《じょけいか》になった。定家は新しい歌枕の発見とその利用という実朝の学習の成果を認めるとともに、そのシンプルな叙景を良しとしたのであろう。

*一例しかない――「妻籠もる矢野の神山露霜に匂ひそめたり散らまく惜しも」（万葉集・巻十・二一七八・作者未詳歌）。

*本となった万葉の原歌――「藻刈《もか》り舟沖こぎくらし妹が島形見の浦に田鶴《たづ》かける見ゆ」（万葉集・巻七・一一九九、新勅撰集・雑四・一三二七）。

*藤原知家が詠んだ――「波枕夢にも見えず妹が島何を形見の浦といふらむ」（新勅撰集・羇旅・五二八）。

14

風寒《さむ》み夜《よ》の更《ふ》けゆけば妹《いも》が島形見《かたみ》の浦に千鳥《ちどり》鳴くなり

【出典】金槐和歌集・冬・二九八、新勅撰和歌集・冬・四〇八

風が寒くなって夜が更けてくると、ここ妹が島の形見の浦に千鳥の鳴く声がしきりに響くことだ。

『金槐集』には千鳥を詠んだ歌が十首あまりある。定家本より歌数の多い柳営亜槐本の例を含めると十五首。そのうち、時刻の解《わか》らない四首と「朝ぼらけ」の歌の他、十首は夜に鳴く千鳥が詠まれる。千鳥は伝統的に寒い夜に鳴くと詠まれてきたからであるが、直接的には、*紀貫之《きのつらゆき》の「思ひかね妹《いも》がり行けば冬の夜《よ》の河風寒み千鳥鳴くなり」という歌によるところが大きい。

*実朝の十首は、「川風身にしみて」、「衣手《ころもで》寒し」、「夜を寒み」など感覚を

【詞書】寒夜の千鳥（金槐集）、題知らず（新勅撰集）。

【語釈】○風寒み―風が寒く、または風が寒いので。「み」は形容詞の語幹について後の句と並列もしくは原因理由をあらわす接尾辞。

*紀貫之―古今集撰者。専門

表す語句に「月清み」、「夜や更けにけむ」など夜の語句を組み合わせたもので、それ自体は常套《じょうとう》的と言ってもよい。しかし、その時、それらに貫之の歌に見えるような作者の感情はまったく描かれていないという特徴がある。

たとえば「夜を寒み浦の松風吹きむせび虫明《むしあけ》の波に千鳥鳴くなり」、「月清みさ夜更けゆけば伊勢島や一志《いちし》の浦に千鳥鳴くなり」のように、「虫明」や「一志の浦」という地名を詠み込んで、そこに千鳥の鳴き声を聞かせているのだが、「夜を寒み」「月清み」と言っても、それを感じたり、千鳥の声を聞く実朝自身の感情を歌に投影《とうえい》することはない。

これは、情景描写にできるだけ具体的な地名を当てて、そこに千鳥の声を響かせることで、場面を立体的に感じさせることに主眼《しゅがん》を置くからだろう。いわば、絵画に音響を加えることで効果をあげる屏風歌《びょうぶうた》のような詠みぶりである。実朝はパターンのようにこの手法を繰り返している。千鳥ばかりではなく、「鹿」*の鳴き声を詠む場合でもそうなのである。

このように、物寂《ものさび》しい風景の中にさらに相乗効果《そうじょうこうか》をもたらすような動物の鳴き声をおくことで、その動物に感情移入し、生《なま》の感情を極力排除するような歌の詠み方を、実朝は選び取っているといえるだろう。

歌人として多くの屏風歌を詠む。「千鳥」歌もその一つ。

*思いかね……―拾遺集・冬・二二四・紀貫之。

*実朝の十首―たとえば「夕月夜佐保の川風身にしみて袖より過ぐる千鳥鳴くなり」（三九二）、「衣手《ころもで》に浦の松風冴えわびて吹上《ふきあげ》の浜に千鳥鳴くなり」（三九七）など。

*「鹿」の鳴き声を詠む場合―たとえば「雲のゐる梢はるかに霧こめて高師《たかし》の山に鹿ぞ鳴くなる」（二三七）など。

15

夕されば潮風《しほかぜ》寒し波間《なみま》より見ゆる小島《こじま》に雪は降りつつ

【出典】金槐和歌集・冬・三一八、続後撰和歌集・冬・五二〇

夕方になると、海の潮風が一段と寒く感じられる。波の間からかすかに見える沖の小島に雪が降り落ちて。

空と海の波の間に幽《かす》かに見える小島の影が、降る雪片《せっぺん》にかき消されてゆく光景をうたう。「夕されば」とうたう歌は、秋や冬の歌が多い。『古今集』の「夕されば衣手《ころもで》寒しみ吉野の吉野の山にみ雪降るらし」*という歌がその典型であろう。『万葉集』にも「夕されば衣手寒し高松の山の木ごとに雪ぞ降りたる」*という歌が載る。夕刻、ふっと感じる冷気に、改めて雪を察知《さっち》する感覚。所を変えてうたわれる雪景《せっけい》を実朝も詠むのである。

【詞書】冬の歌(金槐集)、冬の歌の中に(続後撰集)。

*夕されば…―古今集・冬・三一七・読人知らず。

*夕されば衣手…―万葉集・巻十・二三一九・作者未詳。

これは場所を海上にした点がユニークなところであろうが、この「波間より見ゆる小島」という表現には、「*浪間より見ゆる小島の浜久木《はまひさぎ》ひさしくなりぬ君に逢はずて」や、「*夕なぎに門渡《と》る千鳥浪間より見ゆる小島の雲に消えぬる」といった先例がある。しかし、この実朝の歌に「浜久木」や「千鳥」などの景物《けいぶつ》は詠まれていない。寒気の中の雪をひたすら詠んでいる。

定家本の配列を、題によって分類整理したようにみえる柳営亜槐本は、これを「*雪」題の歌としてまとめていて、「夕されば……雪」という歌の姿が目についてしまう。しかし定家本では、これを*積雪《せきせつ》の景を詠む一連の歌の中に置いている。ということは、この歌の前で、雪はすでに降り積もっているのである。雪景色の中で時間が経過し、夕刻、作者は海辺に佇《たたず》み、さらに厳しい潮風の寒さに触れる。その視線の先の波立つ海の中に、新たに降り始めた雪に小さな島が閉ざされていくのが見える。掻《か》き消《け》されてゆく小島に、目をこらしている実朝の姿までが見え、痛いほどの寒気《かんき》が伝わってくる。

*小林秀雄《こばやしひでお》はこの歌を「叙景の仮面を被った抒情の独特な働き」と評した。小林のように苛立《いらだ》ちやそれに耐《た》える心さえも見て取るか否か。それは読者に委《ゆだ》ねるとしても、実朝が抒情の表白《ひょうはく》に耐えていることは確かだろう。

*浪間より……―拾遺集・恋・八五六・読人知らず、万葉集・巻十一・二七五三・作者未詳。

*夕なぎに……―新古今集・冬・六四五・藤原実定。

*「雪」題の歌として―「夕さればすず吹く嵐身にしみて吉野の嶽《たけ》にみ雪降るらし」、「夕されば浦風寒しあま小舟泊瀬《とませ》の山に雪ぞ降るらし」の後にこの「潮風寒し」の歌が続く。

*積雪の景を詠む―「降り積もる雪踏む磯の浜千鳥波にしをれて夜半に鳴くなり」、「みさごゐる磯辺に立てるむろの木の枝もと多《をを》に雪ぞ積もれる」の後にこの歌が続く。

*小林秀雄は―「実朝」（『無常といふ事』）。

16

乳房《ちぶさ》吸ふまだいとけなき嬰児《みどりこ》とともに泣きぬる年《とし》の暮れかな

【出典】金槐和歌集・冬・三四九

―母の乳房に吸いついて泣く幼い嬰児《えいじ》と共に、私もただただ泣いてしまった年の暮れであることよ。―

実朝の歌の中でも問題作となる一首である。*古歌《こか》にはあまり見えない「乳房」「嬰児《みどりこ》」というリアルな素材がうたわれているからである。その結果、実朝に子供はいないのに、子供と泣く心情は可憐《かれん》であるとか、実朝の心優しさがよく出ているなどと素朴に鑑賞されてきたのだが、この歌をただちに眼《がん》前《ぜん》の景とみて、実朝が実際に泣いていると取ってよいかどうかは疑問である。『金槐集』冬の部の歳暮《としのくれ》の題に「老いらくの頭《かしら》の雪を留《とど》めおきてはかなの

【詞書】歳暮。

*古歌にはあまり見えない―ちなみに挙げれば、乳房の歌に「人なしし胸の乳房を炎《ほむら》にて焼く墨染めの衣着よ君」（拾遺集・哀傷・一二九四・俊信母）、「百種《ももくさ》に八《や》十種《そくさ》添へて賜ひてし乳房の

年や暮れてゆくらむ」から続けて六首、時の流れのはかなさがうたわれているが、この歌はその三首目に位置する。それは「老いと時間の早さをテーマにした配列の頂点」であることから、実朝が自分を白髪の老人に見立てていて、嬰児と共に泣くのは老人であるとする解釈*も出されている。

そもそも『古今集』冬部の巻末の「行く年の惜しくもあるかなます鏡みる影さへに暮れぬと思へば」という、行く年を惜《お》しみ老いを嘆《なげ》く歌をうたった紀貫之の実年齢は、三十代半《なか》ばに過ぎなかった。貫之には年齢と関係なく、雪と白髪を結びつけて歳暮を詠む例が他に*もいくつかある。ある意味ではテーマにそった架空《かくう》の歌、歳暮の歌の形式を踏んで詠んでいるのである。

実朝が詠むこの一連の歳暮の歌も、貫之に倣《なら》って老いと歳暮を取り合わせて詠んだものと考えた方がいい。彼がうたおうとしたものは、老いは残れど時はあえなく過ぎ去るという空《むな》しさであった。時は止めようとしても留められない、とすれば泣くより他ないではないか。

しいていえば、実朝は「ともに泣く」ために、*常套《じょうとう》表現を避けて「嬰児」という語を使ってみたかったのだ。脚注にあげた万葉歌の「(若子《みどりこ》のように)音《ね》のみそ吾《わ》が泣く」というひたすらな表現に触発《しょくはつ》されていたのである。

報ひ今日ぞ我《わ》がする」(同・一三四七・行基)があり、嬰児の歌に「若子の這ひたもとほり朝夕《あさよひ》に音《ね》のみそ吾《わ》が泣く君なしにして」(万葉集・巻三・四五七・余明《よのみょう》軍《ぐん》)、「逢ふ事は片ゐざりする嬰児のたたむ月にも会はじとやする」(拾遺集・恋一・六七九・平兼盛)などがある。

*老人であるとする解釈―今関敏子『金槐和歌集の時空』(和泉書院・二〇〇〇年)。

*他にもいくつか―「むばたまのわが黒髪に年暮れて鏡の影に触れる白雪」(拾遺集・一一五八・貫之)、「今日見れば鏡に雪ぞ降りにける老いのしるべは雪にやあるらむ」(貫之集)など。

*常套表現―「君恋ふる嘆きの繁き山里はただ日暮しぞ共に泣きける」(待賢門院堀河集)など。

17

はかなくて今宵《こよひ》明けなば行く年《とし》の思ひ出《い》でもなき春にやあはなむ

【出典】金槐和歌集・冬・三五二

あっけなく今宵が明けてしまうのならば、去って行く年がはかないなどという思いもないまま、新しい春を迎えたいものだ。

冬の部の最後の歌。第五句の「春にやあはなむ」の解釈がむずかしい。「なむ」を素直に願望を表す助詞とみて「出会いたいものである」とする解釈と、否応《いやおう》なく会ってしまうという「あひなむ」の誤りと見て、新年への期待感もなく新年に会わざるをえないと解する説がある。

新年が待たれているのか、否か。それはすぐ上の「行く年《とし》の思ひ出《い》でもなき春」の内容に関わってくる。橋本治《*はしもとおさむ》氏は「あひなむ」と見て、「今年一年

【詞書】歳暮。

【語釈】○あはなむ―会いたい。「なむ」は動詞の未然形に接続して願望を示す助詞。

*橋本治氏は―「古典は生きている」（ちくま文庫『情報編集力をつける国語』）。

なんの思い出もなかった。〃なんの思い出もなかったな〃と考える新年が来る」と解し、「そりゃ『はかない』でしょう、この人の『孤独』の深さにぞっとしませんか」と言う。しかし、この歌は単に、去りゆく年の思い出もない新しい春が寂《さび》しいという孤独感をうたったのではない。

同じ「あひなむ」説を取る樋口芳麻呂《よしまろ》*氏は「新年になって旧年のことを忘れさってしまうという軽薄さをうとましく思っている」という。そうした心理的な要因を考えてみるべきであろう。旧年のことを惜《お》しむ気持ちが強いので、新年の到来《とうらい》を待ちわびてしまうという事実を認めたくはないが、しかし、そうなのだという屈折《くっせつ》した思いなのである。それならば、それは「あはなむ（会いたい）」という表現のままで読み解ける思いである。

王朝和歌の世界では、四季それぞれを楽しみ、不変の美を望みながら、移ろう花や鳥、季節や人に対して感じる無常感《むじょうかん》を「はかなし」*と表現してきた。人は確かなことを求めながら一年を送る。しかし不変なるものは得ることができず、一年が過ぎていく。そうであれば、せめて「はかなくて」という思い出もない新しい春に会いたいと願ったとしても不思議はない。この歌の「あはなむ」という言い方には、そうした複雑な心が籠《こ》められているのだろう。

巻末エッセイ参照。

＊樋口芳麻呂氏は―新潮日本古典集成『金槐和歌集』頭注。「去って行った年の思い出を何も留めていない春に逢うことになるのだろうか」と訳す。

＊「はかなし」と表現してきた―たとえば過去をはかなしと回想する歌に「はかなくて過ぎにし方を数ふれば花に物思ふは春ぞ経にける」（新古今集・春下・一〇一・式子《しょくし》内親王）などがある。

18

もののふの矢並《やなみ》つくろふ籠手《こて》の上に霰《あられ》たばしる那須《なす》の篠原《しのはら》

【出典】柳営亜槐本金槐和歌集・冬

武将が狩装束《かりしょうぞく》に身を包み、矢を整えている。その籠手の上に霰がこぼれ散って音を立てる。ここは武士たちが勇壮《ゆうそう》に狩を繰り広げる那須の篠原だ。

【詞書】霰。

【語釈】○矢並つくろふ―矢を入れた箙《えびら》の中の矢並びを次の獲物に備えて整えること。○籠手―肩から腕を防御するための防具。○霰たばしる―霰が大きな音を立てながらはね返っているさ

武家の棟梁《とうりょう》であった実朝らしい勇壮《ゆうそう》な歌としてよく取り上げられる歌である。確かに「矢」「籠手《こて》」という用語が使われ、都の貴族にはなかなか詠めない場面であろう。那須の原野に広がる武士たちの姿を一幅《いっぷく》の絵として切り取り、一瞬《いっしゅん》にして一人一人の様子をクローズアップし、その上に落ちる霰《あられ》を動的に描写した手法には、対象に迫る鋭さがある。

「那須」という地は、伝統的な和歌の世界ではあまりうたわれてこなかっ

た。しかし、実朝と同世代歌人の*藤原信実《のぶざね》や*藤原為家《ためいえ》たちは、狩猟《しゅりょう》という題で那須野を詠むようになる。これは、実朝の父源頼朝が建久四年（一一九三）、那須野で行った*巻狩《まきがり》が知られたためであろう。このおおがかりな巻狩は、幕府の制度を整えつつあった頼朝が征夷大将軍《せいいたいしょうぐん》となった翌年、武家の力を誇《こ》示《じ》するために行った軍事演習でもあったという。その前年に生まれ、八歳で早くも父を喪《うしな》った実朝は、父と同じように武家の棟梁としての自らの力を信じることはできなかったかもしれない。しかし、源氏の直系《ちょっけい》としての誇りと父を偲《しの》ぶ心が、あえてこの題材を選ばせたということは考えられる。

　この歌は「霰」を詠んだ『万葉集』の「*わが袖に霰たばしる巻き隠し消《け》たずてあらむ妹《いも》が見るため」の言葉を用いるが、この万葉歌には音がないのに対し、実朝の歌からは音が聞こえてくる。むしろ、大勢の武人《ぶじん》が行き来する喧噪《けんそう》の中で、逆に、霰の音だけが聞こえるという静かさが心に迫るだろう。

　喧噪の中の一時の静止、静寂《せいじゃく》を捉えるための「霰」であることに注目したい。それによってこの絵巻《えまき》は一層の緊張感をはらむ。実朝は合戦絵巻を好んで鑑賞したというが、この歌は、決して勇壮さを誇るのではなく、実朝の音を捉える感覚の鋭さを私たちに教えるものであるようだ。

ま。○那須の篠原―下野国の北部で那珂《なか》川の上流に広がる広大な原野。篠原は篠の生い茂っている原。

*藤原信実―後鳥羽院歌壇に参加後、建保期から活動を再開し、鎌倉中期歌壇で活躍した。為家の従弟。

*藤原為家―定家の子『続後《しょくご》撰集《せんしゅう》』を単独で撰進し、『続《しょく》古今集《こきんしゅう》』の撰にも加わった。

*巻狩―猟場の鳥獣を四方から取り巻き、包囲を狭めて捕獲する猟法。

*わが袖に……―万葉集・巻十・二三一二・作者未詳歌。妻に霰を見せようと袖に包む意をうたう。

19

千々《ちぢ》の春万《よろづ》の秋にながらへて月と花とを君ぞみるべき

【出典】金槐和歌集・賀・三五三、玉葉和歌集・賀・一〇四八

わが君は千年の春や万年の秋にも永《なが》らえて、月や花など春秋の美を十分にご覧になることでしょう。それほど素晴らしい方であられるのです。

【詞書】ナシ（金槐集）、題知らず（玉葉集）。

『金槐和歌集』賀《が》の部の巻頭《かんとう》に置かれ、時の帝王後鳥羽院《ごとばいん》を頌《たた》えて、その長寿を寿《ことほ》ぐ祝歌である。源氏の血統を誇る実朝には、自らを貴種《きしゅ》と認める前提に、日本人最高の貴種である天皇に対する尊崇《そんすう》の念があった。

この歌は『伊勢物語』*九四段に載る「千々の秋*一つの春に向かはめや紅葉《もみぢ》も花もともにこそ散れ」という歌に基《もと》づくとされる。実朝は言葉に惹《ひ》かれて作歌する場合も多いが、二人の男の喩《たと》えである『伊勢』の春と秋とをここで

＊伊勢物語―新古今歌人達に尊重された平安期歌物語。

＊千々の秋…―現在の夫と先夫を、秋の紅葉と春の花に譬《たと》え、紅葉も花もいずれ散って自分から離れていくだ

出すのはいかにも必然性がない。むしろ「＊千々の秋万の秋」とうたった＊大江《おおえの》匡房《まさふさ》の言葉によったものだろう。「千々の春」と「万の秋」で時間と季節を表現し、春秋《しゅんじゅう》を代表する花と月へと繋《つな》げる構想《こうそう》は、理知的で整っている。

そもそも「月と花」は『＊後撰集《ごせんしゅう》』の「＊あたら夜の月と花とを同じくはあはれ知れらむ人に見せばや」という歌以来、物の情趣《じょうしゅ》を知る人に見せたいもの、換言《かんげん》すれば、情趣を知る人が見るべきものの代名詞として使われていた。

この「月と花」に物のあはれを象徴《しょうちょう》させる言い方は、特に新古今時代の建仁《けんにん》年間（一二〇一―一二〇四）に大いに人気を得た。「＊老若《ろうにゃく》五十首歌合」では＊家隆《いえたか》が「あたら夜のあはれは知るや呼子鳥《よぶこどり》月と花との有明の空」と詠み、後鳥羽院は「＊仙洞句題五十首」に「あたら夜の吉野の奥に一人たれ月と花とのあはれ知るらむ」と詠んだ。「＊千五百番歌合」では＊兼宗《かねむね》が「あたら夜の月と花との眺めよりいとど身にしむ春の曙」、＊源通具《みちとも》が「春の夜の心を分かぬ人はあらじ月と花とのあはればかりは」とうたっている。

実朝がこうした流行に鈍感《どんかん》だったはずはない。後鳥羽院の周辺で愛好された右の後撰歌を思い出しながら、特に院を「月と花」のあはれを知る人と位置づけたのは、こうした流行をしっかりと捉《とら》えていた結果だったのである。

ろうと二人の男を皮肉った歌。

＊千々の秋万の秋―「千々の秋万の秋を頼むかな秋の宮なる白菊の花」（江帥《ごうのそち》集）。中宮の長寿を白菊に託して寿いだ歌。

＊大江匡房―平安期漢学者で詩文・和歌に長じる。

＊後撰集―第二の勅撰和歌集。

＊あたら夜の…―後撰集・春下・一〇三・源信明。

＊老若五十首歌合―後鳥羽院が主催した歌合。

＊家隆―俊成門下歌人で、新古今集撰者となる。

＊仙洞句題五十首―後鳥羽院主催。月花を題とする。

＊千五百番歌合―後鳥羽院第三度百首を結番した歌合。

＊兼宗―「六百番歌合」などに参加した歌人。

＊源通具―後鳥羽院歌壇で活躍した新古今撰者。

20

黒木《くろき》もて君がつくれる宿なれば万代《よろづよ》経《ふ》とも古《ふ》りずもありなむ

【出典】金槐和歌集・賀・三六二

黒木の丸太でわが君がお作りになった宮であるので、この宮は万年たってもきっと古《ふる》びないで存在することでしょう。

【詞書】大嘗会の年の歌。

【語釈】○黒木—皮のついたままの丸太のこと。

これは、大嘗会《だいじようえ》があった年に作られた歌である。毎年十一月に行われる収穫祭を新嘗祭《にいなめさい》というが、新しく天皇が即位《そくい》した際に一代一回、即位儀礼《そくいぎれい》として執《と》り行われるのが大嘗会である。新稲《しんとう》を献上する悠紀《ゆき》・主基《すき》の国が決められ、その新穀《しんこく》で酒が造られる。天皇が新穀と新酒《しんしゆ》を神に供《そな》え、共餐《きようさん》の儀を行う。十一月下の卯《う》の日の祭儀に続き、豊明《とよのあかり》の節会《せちえ》まで、臨時を含め一連の節会《せちえ》が続き、五節《ごせち》の舞が奏される。

＊悠紀・主基の国—大嘗祭で神事に用いる新穀・酒を奉る国郡のうち、第一と第二のもの。

＊豊明の節会—大嘗祭・新嘗

この祭儀のため、大嘗会には新たに悠紀殿《ゆきでん》・主基殿《すきでん》を中心とした大嘗宮《だいじょうきゅう》の造営が行われる。この歌の「黒木もて君が造れる宿」というのは、この大嘗宮をイメージしている。柳営亜槐本《りゅうえいあかいぼん》には「今造る黒木の双屋古《もろやふ》りずして君は通はむ万代《よろづよ》までに」という歌が載るが、この「黒木の双屋」とは悠紀殿・主基殿を指している。実朝が「黒木」で造《つく》る宿といったのは、『万葉集』の元《げん》正《しょう》天皇と聖武《しょうむ》天皇が長屋王《ながやのおう》の邸宅に行幸《ぎょうこう》した時の＊室寿《むろほめ》の歌に基づいている。

さて、この歌にいう「君」とは誰であろうか。実朝の生存中、二度の御代《みよ》替《が》わりがあった。建久《けんきゅう》九年（一一九八）の後鳥羽天皇からその皇子《みこ》土御門《つちみかど》天皇への譲位《じょうい》と、承元《じょうげん》四年（一二一〇）の同帝から弟順徳《じゅんとく》天皇への譲位である。

右の歌は、年齢からいって、実朝が十九歳に達していた承元四年の順徳天皇の践祚《せんそ》時のものであろう。父と兄の跡を受け継いで、十四歳で皇位にたった順徳天皇に対して、自身も兄頼家《よりいえ》の跡を継いで将軍となった実朝が、どのような思いを馳《は》せたのかは分からない。

しかし「万代経とも古りずもありなむ」とうたうこの歌の表現には、たとえそれが叶《かな》わぬものであったとしても、新天皇の繁栄を願う以上の彼の願いが籠《こ》められていたことは確かであるように思われる。

祭の翌日、宮中で行われた儀式と宴会。

＊五節の舞―五節の豊明の節会に行なわれる少女の舞。

＊室寿の歌―「はだすすき尾花逆葺《さかふ》き黒木もち造れる室《むろ》は万代までに」（万葉集・一六三七・元正天皇）と、「あをによし奈良の山なる黒木もち造れる室は座《ま》せど飽かぬかも」（同・一六三八・聖武天皇）。ただしこの二天皇の室寿の歌は大嘗宮をうたったものではないし、大嘗宮は大嘗会の七日前に建てられ撤去されるので、万代を経るとうたうのは実朝の誤解。

21

宿《やど》にある桜の花は咲きにけり千歳《ちとせ》の春も常《つね》かくし見む

【出典】金槐和歌集・賀・三六四

わが家にある桜の花が今年も咲いた。これから先千年の間も、春はいつもこのように美しい花を見ようと思う。

『古今集』が「空蟬《うつせみ》の世にも似たるか桜花咲くと見しまにかつ散りにけり」とうたうように、桜は古来、散りやすいもの、はかないものの象徴《しょうちょう》とされてきた。実朝が右の歌の「宿にある桜の花は」という言葉を得た『万葉集』の贈答歌《ぞうとうか》も、散る桜の無常《むじょう》をうたったものであった。その意味では、桜は賀のテーマにふさわしいとはいえない。

しかし、無常のシンボルである一方で、桜は「花のごと世の常ならば過ぐ

【詞書】花の咲けるを見て。

【語釈】○常かくし見む―常にこのようにして見よう。「かく」はこうしてという指示語。「し」は強意の助詞。

＊空蟬の……―古今集・春下・七三・読人知らず。

＊『万葉集』の贈答歌―「宿

してし昔はまたも帰り来なまし」とうたわれたように、毎年必ず咲くものとして意識されてきたことも忘れてはならないだろう。

四季は移ろい、去る季節は惜《お》しい。しかし、それが必ず巡《めぐ》り戻《もど》ってくることを、人は身をもって体験している。花が散ることへの諦観《ていかん》の底に希望の根拠を持つことができるのである。そしてその春がまた美しい桜を見せるのなら、何度でもその花を見ようという希望の言葉を詠むことができる。

散る桜は春の景物《けいぶつ》であるが、賀の部における桜はこうした未来への希望と約束を告げるものとしてうたわれた。「*わが宿に咲ける桜の花ざかり千歳《ちとせ》見るとも飽《あ》かじとぞ思ふ」と、見飽《みあ》きることのない賞賛の対象となるのも、「*桜花今夜《こよひ》かざしに差しながらかくて千歳の春をこそ経《へ》め」と、千年も続く命をともに享受《きょうじゅ》する対象となるのも、賀の部でうたわれる桜だからだった。また、「*花遐年《かねん》を契る」という題に桜が取り上げられたのも、そのためである。

右の実朝の歌は、こうした賀の部に置かれた「桜花」の流れを受けて詠まれている。無常であるという面が強調されがちな桜であるが、日本人が長く桜に惹《ひ》かれてきた根底には、巡り来る春というもう一つの面があることを、この実朝の歌は教えてくれるのである。

にある桜の花は今もかも松風速み地《つち》に散るらむ」（巻八・一四五八・厚見王《あつみのおおきみ》）、「世の中も常にしあらねば宿にある桜の花の散れる頃かも」（同・一四五九・久米女郎《くめのいらつめ》）。

*花のごと…―古今集・春下・九八・読人知らず。

*わが宿に…―拾遺集・賀・二七九・平兼盛。

*桜花…―拾遺集・賀・二八六・藤原師輔。

*花遐年を契る―花は長い年月を約束するという意。この題で詠まれた歌に「千歳まで折りて見るべき桜花梢はるかに咲きそめにけり」（千載集・賀・六一一・堀河院）などがある。

22

ちはやぶる伊豆の御山《おやま》の玉椿《たまつばき》八百万代《やほよろづよ》も色は変はらじ

【出典】金槐和歌集・賀・三六六、玉葉和歌集・賀・一三五九

神のおられるここ伊豆の御山の玉椿は、長い長い年月が経《た》っても、その美しい色は変わらないだろう。

【詞書】二所詣し侍りし時（金槐集）、祝の歌に（玉葉集）。

【語釈】○ちはやぶる―神にかかる枕詞。「伊豆の御山」が伊豆山権現であるので用いた。

詞書にある「二所詣《にしよもうで》」とは、箱根権現と伊豆山《いずさん》権現に参詣《さんけい》することをいう。頼朝がここを篤《あつ》く信仰し、鎌倉将軍は新年に二所への参拝を恒例《こうれい》とした。実朝十三歳の建仁《けんにん》四年（一二〇四）正月十四日、二所詣のための御精進始《ごしようじんはじめ》が行われたことが『吾妻鏡』に載っているが、この時は代参《だいさん》が立てられている。

実朝が実際に参詣したのは、建永《けんえい》二年（一二〇七）十六歳の時のことで、正月十八日に御精進始が行われ、浜で潮水を浴びて潔斎《けつさい》し、二十二日に北条義《よし》

時《とき》、同時房《ときふさ》、大江広元《おおえのひろもと》、和田景盛《かげもり》らと御所を出発、二十七日に鎌倉に帰ったことが記されている。同様の日程で行われた二所詣の記事は八回あり、建保《けんぽう》二年（一二一四）には、三島社にも足を延《の》ばしたとある。『金槐集』にも、「二所へ詣でたりし下向《げこう》に、春雨いたく降れりしかば」などという*詞書が五ヶ所にあり、二所詣は実朝の生活の中に組み込まれた武家の棟梁《とうりょう》としての行事であるとともに、鎌倉での日常から解放される一時《ひととき》でもあったと思われる。

　この賀の歌に「玉椿」を詠んだのは、『新古今集』に載る大嘗会《だいじょうえ》屏風の歌「*とや帰る鷹尾山《たかのをやま》の玉椿霜をばふとも色は変はらじ」や「正治初度百首《しょうじしょど》」での良経《よしつね》の歌「*玉椿再び色は変はるとも藐姑射《はこや》の山の御代《みよ》は尽きせじ」で、玉椿が葉の色を変えないとうたわれたことから、実朝が玉椿は永遠の命を持つものとイメージしたことによるのだろう。

　温かい湯の湧き出る伊豆の国、そしてそこにつやつやとした常緑の葉を光らせる玉椿は、永劫《えいごう》の不変をうたうにふさわしい。伊豆山権現は走湯《そうとう》権現ともいわれる。湯が湧《わ》き出るその*走湯山《はしりゆさん》をうたった他のいくつかの実朝の詠は、あの有名な「箱根路」の歌（42）とともに、東国《とうごく》らしい風土を感じさせてくれる数少ない例として貴重である。

＊詞書が五ヶ所に―他にも「二所詣下向に、浜辺の宿の前に前川といふ川あり、雨降りて水増さりにしかば、日暮れて渡り侍りし時詠める」、「二所詣下向の後朝《こうてう》に侍《さぶらひ》ども見えざりしかば」などがある。

＊とや帰る……―新古今集・賀・七五〇・大江匡房。

＊玉椿……―藐姑射の山は上皇の住む仙洞御所《せんとうごしょ》を指す。

＊走湯山をうたった他の―「わたつ海の中に向ひて出づる湯の伊豆の御山とむべも言ひけり」、「走る湯の神とはむべぞ言ひけらし速き験《しるし》のあればなりけり」など。

23

宮柱《みやばしら》ふとしき立てて万代《よろづよ》に今ぞ栄えむ鎌倉《かまくら》の里

【出典】柳営亜槐本金槐和歌集・雑、続古今和歌集・賀・一九〇二

鶴岡の宮に厳《いか》めしく立派な宮柱を立てて神をお守りし、今から長い年月にわたってこの鎌倉の里は栄え続けてゆくことだろう。

幕府が政庁《せいちょう》を置く鎌倉の鎮護神鶴岡《つるがおか》八幡宮の荘厳《そうごん》な社殿の様子を寿《ことほ》ぎ、治世《ちせい》の永遠を祈願《きがん》する。為政者《いせいしゃ》としての実朝の意識が垣間《かいま》見える一首である。

平成二十二年三月十日、鶴岡八幡の階段脇にあった大銀杏《おおいちょう》が強風のために倒壊《とうかい》したことは耳目《じもく》に新しい。実朝を暗殺した甥《おい》の公暁《くぎょう》がこの木の陰に隠れて実朝を襲ったという伝説によって、この木が「隠れ銀杏」と呼ばれていたことなども改めて報道された。

【詞書】慶賀の歌の中に（柳営亜槐本）、祝歌中に（続古今集）。

【語釈】○宮柱―神殿や宮殿の柱。伊勢神宮や住吉の社などについて特に詠まれる。○ふとしき―厳めしく堂々としているさま。「太し

実朝が最期《さいご》を迎えることになったのは、彼が右大臣《うだいじん》を拝命し、任命の礼を述べようと参拝した大臣拝賀の折であった。しかしそればかりではなく、例年正月の参拝を始めとして、頼朝の在世時から鶴岡八幡宮は幕府の人間にとってもっとも身近な存在であった。実朝自身も、建仁《けんにん》三年（一二〇三）の神馬《じんめ》奉納を始めとして、たびたび参詣している。

建久《けんきゅう》二年（一一九一）三月、鎌倉に大火《たいか》が起こり、幕府御所や家臣の家屋敷を焼いて、鶴岡八幡宮まで延焼《えんしょう》した。頼朝《よりとも》はその二日後には鶴岡に参拝し、早速に造営《ぞうえい》を命じている。実朝がこの歌を詠んだ背景には、その再建の時の様《さま》が想像されていただろう。

「宮柱ふとしき立てて」という表現は、*人麻呂《ひとまろ》が吉野宮《よしののぐう》を詠んだ『万葉集』の長歌《ちょうか》「*吉野の国　花散らふ　秋津の野辺に　宮柱　太しきませば」によっている。また、実朝の死後に編まれた『*続後拾遺集《しょくごしゅういしゅう》』にも、源道済《みちなり》の「*宮柱太しき立てて吾《あ》が国に幾代経ぬらん住吉の神」という歌が収録されている。実朝がこの道済の歌を知っていたかどうかは不明だが、太柱をどっかりと立てて宮を造営するという古代的な感覚をよく伝える言葉であり、鎌倉の繁栄を宣言する王者としての実朝の意志を読み取ることができる表現である。

き」と当てる。

＊人麻呂―柿本。万葉第二期歌人で、持統・文武両朝で宮廷儀礼歌を作り活躍。

＊吉野の国…―万葉集・巻一・三六・柿本人麻呂。

＊続後拾遺集―嘉暦《かりゃく》元年（一三二六）、後醍醐天皇の下命《かめい》により作られた十六番目の勅撰和歌集。

＊宮柱…―続後拾遺集・神祇・一三三三・道済。詞書「住吉に詣でて詠み侍りける」。道済は十世紀から十一世紀にかけての頃の歌人。

24

うき波の雄島《をじま》の海人《あま》の濡れ衣《ごろも》濡るとな言ひそ朽《く》ちは果つとも

【出典】金槐和歌集・恋・三八九、続後撰和歌集・恋二・七四九

浮き波がかかって濡れる雄島の海人の衣のように、泣き濡れたと口にだすな、恋の思いに焦《こ》がれてこの身は死んでしまうとしても。

【詞書】海の辺の恋（金槐集）、題知らず（続後撰集）。

【語釈】○うき波―風によって浮動する表面近くの波か。「浮き」に恋の思いの「憂き」を掛ける。○雄島の海人の濡れ衣―雄島は松島にある島。海人が海水に濡れ

実朝の恋の歌を見てみよう。この歌は、死ぬほど恋い焦《こ》がれても、泣いているという弱音《よわね》は決して吐《は》くまいという固い決意をうたったもの。人に贈る歌というよりは、恋の重さをもてあましながらも、それに外へは洩《も》らすまいという忍《しの》ぶ恋の思いを自らに吐露《とろ》している歌というべきだろう。

「海の辺の恋」三首の冒頭に置かれた歌で、この歌の「雄島」と同様、あ*との二首にも「伊勢島一志《いちし》」「淡路島」などの地名が見え、他に「淀の沢水」

「三島江」を詠んだ「水の辺の恋」題の二首もある。さらに言えば、これらの恋の歌は、後鳥羽院が主催した「水無瀬《みなせ》殿恋十五首歌合《うたあわせ》」の恋題と重なるものが多い。「海の辺の恋」を含め、「故郷の恋」「雨に寄する恋」「風に寄する恋」などがそうである。要するに、実朝はこうした題にふさわしい地名を詠み込んで恋の諸相《しょそう》を詠もうという自らの課題を持っていたらしい。

では、実朝ははたして本当に恋をしたのだろうか。結婚に際しては、北条時政《ときまさ》の女婿《じょせい》足利義兼《よしかね》の娘との縁組みを断り、京都から妻を迎えることを望んで、後鳥羽院の従姉妹に当たる坊門信清《ぼうもんのぶきよ》の娘を妻に迎えたという。『吾妻鏡』には、その御台所《みだいどころ》と同車して永福寺の観桜《かんおう》に出かけ、和歌会を催したという優雅な一日の記述も見え、この妻がもたらす京との交流は実朝にとって貴重なものであったらしい。しかし、その妻に贈った恋歌らしきものは家集には見えない。詠まなかった、というより、見えないように編集がなされているのだろう。女房らしき人に贈った恋歌めかしい詠《えい》もあるが、真情を見せるものからは遠く、実朝が体験した生身《なまみ》の恋は、結局誰にも分からない。

『金槐集』の恋の部は全部で百四十一首を収めているが、どうやらすべて創作として詠まれたか、そのように編集されていたと言えるようだ。

ることから、涙で濡れる恋を引き出す。

＊あとの二首―「伊勢島や一志の海人の捨て衣逢ふこと無みに朽ちや果てなむ」、「淡路島通ふ千鳥のしばしばも羽掻《はねか》く間《ま》なく恋ひやわたらむ」。

＊水無瀬殿恋十五首歌合―後鳥羽院が建仁二年（一二〇二）の九月に行った歌合。

＊優雅な一日の記述―建保五年（一二一七）二月十日の記事。

25

小《を》笹《ざさ》原《はら》おく露《つゆ》寒み秋されば松《まつ》虫《むし》の音《ね》になかぬ夜《よ》ぞなき

【出典】金槐和歌集・恋・四一七

小笹原に置く露が寒いので、秋になると松虫が鳴かない夜はない。そのように私も恋の辛《つら》さのために、声を上げて泣かない夜はないのです。

【詞書】頼めたる人の許《もと》に。

【語釈】○音になかぬ夜―声に出して泣かない夜。「泣く」に「虫が鳴く」を掛けている。

詞書《ことばがき》にある「頼めたる人」というのは、頼みにさせた人ということで、この場合は、訪ねて行くと女に期待をさせた相手の男を指す。「松虫」に「待つ」の意を利《き》かせてあり、女は相手の言葉を信じて待っているが、結局男は約束を守れず、女は毎夜泣き続けるほかない。つまりこの歌は、不実《ふじつ》な男を待つ女の立場でうたった題詠《だいえい》ということになる。

「音《ね》に鳴く」ものは、鶯《うぐいす》、葦田鶴《あしたず》、鹿、蟋蟀《きりぎりす》、蜩《ひぐらし》などいくつもある。『古今集』の秋部には虫の歌群があって、蟋蟀や松虫の声を、「*秋の夜の明くるも知らず鳴く虫はわがごと物や悲しかるらむ」、「*秋の夜は露こそことに寒からし草むらごとに虫の侘《わ》ぶれば」のようにうたう。虫も私のように悲しくて鳴くのか、身も心も寒いのかと我が身に重ねて詠む場合が多い。

　実朝の右の歌もこうした例に従って、松虫が「音《ね》に鳴く」ように「泣く」私を描き出す。第四句の「松虫の」までが序詞《じよことば》なのだが、詞書を外して読むと、一首全体が鳴く虫のことを詠んだ歌のようにも見える。しかし、「*人待つ虫」ともうたわれるように、松虫は「待つ女」の姿を象徴している。さらに「小笹原《をざさはら》おく露寒み」という情景が、場面に客観的な奥行きを与えて、冷え冷えとした心を持つ女の姿を秋景色《あきげしき》の中に描き出している。

　そして、これに続く同じ詞書の二首も、角度を変えて女のいる場面をうたう。「*待つ宵《よひ》の更《ふ》けゆくだにもあるものを月さへあやな傾《かたぶ》きにけり」、「*待てとしも頼めぬ山も月は出でぬ言ひしばかりの夕暮の空」。前者は空の月が傾き、後者は月が昇るということでそれぞれの時間の経過を描写し、女の待つ時間の長さと男の理不尽《りふじん》さ、口先だけの頼りなさをうたっているのだ。いわばこの三首は、実生活とは無関係な物語世界を創作した歌群《かぐん》なのである。

＊秋の夜の……古今集・秋上・一九七・藤原敏行。

＊秋の夜は……同・一九九・読人知らず。

＊人待つ虫―「秋の野に人松虫の声すなり我かとゆきていざ訪《とぶら》はむ」（古今集・秋上・二〇二・読人知らず）。

＊待つ宵の……あなたを待ち続けて夜が更けゆくのさえ悲しいのに、月までもが理不尽に傾いて行ってしまう、つらいことです、という意。

＊待てとしも……私に待てといって当てにさせたのでもない山からも夕暮れには月が出た。待てと言うばかりのあなたとは違って、という意。

26

来《こ》むとしも頼めぬ上《うは》の空にだに秋風ふけば雁《かり》は来にけり

【出典】金槐和歌集・恋・四二五

何も約束をしない大空にさえ、秋風が吹くと雁はやってきたのに、八月には帰ると言って私に当てにさせた貴方《あなた》はまだお見えではないのですね。

【詞書】遠き国へまかれりし人、八月ばかりに帰り参るべきよしを申して、九月まで見えざりしかば、かの人の許《もと》に遣《つか》はし侍りし歌。

秋の空には雁もやってきたのに、貴方はまだ戻って来ないという。この歌の詞書によると、たとえば親や夫について遠国《おんごく》に行ってしまった女の帰りを待つということになり、実朝に実生活でこういう歌を贈る恋の相手がいたのかとも見えるのだが、歌は前項にあげた「待てとしも」の歌と同じ発想である。期待せずとも季節は巡《めぐ》り来るが、貴方だけは来ないというのである。

前項の歌々はいずれも女に仮託《かたく》したものであった。後で見る歌（31、32）

では、任地《にんち》から戻らない家臣を軽く恨《うら》むという体《てい》で詠んでいる。これもその*状況を借りてきて、女が遠国から帰らないという設定を詠んでみたのではあるまいか。この歌からは実朝の恋の真情《しんじょう》というものはあまり見えてこない。平安貴族たちが好んでうたった恋の歌でも、それなりに真情が籠《こ》められていたものであるが、実朝は日常の世界で女性と恋歌をやり取りする機会には恵まれなかったのではないだろうか、どこかそう思わせるものがある。

また、『金槐集』恋の部にはもう一首長い詞書を持った「*上《うは》の空に見し面影を思ひ出でて月になれにし秋ぞ悲しき」という歌がある。こちらはまだいくらか思いが伝わるが、やはり切実さに欠け、直接的ではない。

さて、冒頭の歌にも右の歌にも「上《うは》の空」という語が使われている。前者は、*紫式部《むらさきしきぶ》の「*入る方《かた》はさやかなりける月影を上の空にも待ちし宵かな」を、後者は、*西行《さいぎょう》の「*月の宮上の空なる形見にて思ひも出でば心通はむ」をそれぞれ意識したもので、「上の空」は上空《じょうくう》という意味の他に「気もそぞろ、落ち着かない」を意味する。実朝はこの語の二重性の面白さに惹《ひ》かれて、それを使ってみようとした。女に会えない状況の詞書を創作し、実験的に恋歌《こいうた》を詠んだというのが実際のところではないだろうか。

*その状況を借り―金槐集は同じ詞書を受けて「今来むと頼めし人は見えなくに秋風寒み雁は来にけり」という歌を続ける。遠くへ行って帰らない人へという状況設定なら、男から女へ贈った歌として解釈できる。

*上の空に…―詞書「秋の頃、言ひ慣れにし人の、物へまかりしに、便りにつけて文など遣はすとて」。

*紫式部―『源氏物語』作者で、『紫式部集』『紫式部日記』をのこす。

*入る方は…―新古今集・恋四・一二六二・紫式部。

*西行―武門から出家し各地を漂泊、歌道にも精進した。

*月の宮…―同・恋四・一二六七・西行。

27

草深《ふか》みさしも荒れたる宿なるを露を形見《かたみ》に尋《たづ》ね来《こ》しかな

【出典】金槐和歌集・恋・四六五

草が深くこんなにも荒れ果てた宿であるけれど、草の上に置く露を、あなたの流した涙の露、思い出のよすがと思って尋ね来たことだ。

この歌は「故郷の恋」という題でまとめられた五首の冒頭の一首である。これに続く四首をあげよう。秋、荒れた宿に草が生い茂る舞台は、『源氏物語』蓬生《よもぎう》の巻などのシーンを彷彿《ほうふつ》とさせる。

*里は荒れて宿は朽《く》ちにし跡なれや浅茅《あさぢ》が露に松虫の鳴く

*荒れにけり頼めし宿は草の原露の軒端《のきば》に松虫の鳴く

*忍草《しのぶぐさ》しのびしのびに置く露を人こそ訪《と》はね宿は古りにき

【詞書】故郷の恋。

【語釈】○さしも―あんなにも、あれほど。指示語「さ」に強調を示す「しも」が付いたもの。○形見―今はいない人を偲《しの》ぶ拠り所となるもの。この歌の「形見」は恋人が流した涙。

　*宿は荒れて古き深山《みやま》の松にのみ訪《と》ふべきものと風の吹くらむ

荒れた庭に呆然《ぼうぜん》と佇《たたず》む男、男を待ち続けた女の姿が浮かんでくる。ここから思い出されるのは、有名な『*伊勢物語』一二三段、深草《ふかくさ》の里の男と女の話であるが、ここには「深草」「鶉《うずら》」というキイワードがないので、『伊勢物語』によったのではないことが分かる。実は『伊勢物語』では、荒れた宿で忘れられる未来を詠んだ歌によって、女は男の愛情を取り戻している。それなのに、新古今時代の歌人たちは、あばら家で男を待って死ぬ女の姿を好んで享受《きょうじゅ》した。それがこの実朝の「故郷」題の歌にも影響しているようだ。

「故郷の恋」という題は、先にも挙げた「*水無瀬《みなせ》殿恋十五首歌合」に見え、その中に後鳥羽院の「*里は荒れぬ尾上《をのへ》の宮のおのづから待ちこし宵も昔なりけり」という歌が見える。荒廃《こうはい》した里で人待つ女を詠んだこの歌は『新古今集』に入った。これが実朝の目に触れ、同歌合《うたあわせ》への興味も深まり、実朝がその記録を入手していた可能性が高い。「故郷の恋」という題はおそらくこの歌合に基づいているのである。

この歌合で後鳥羽院の歌に番《つが》えられた良経《よしつね》の歌は「末までと契りて訪《と》はぬ故郷《ふるさと》に昔語りの松風ぞ吹く」というもので、「昔語りの松風」が表現のポイ

*里は荒れて……―荒れた里のここが彼女がいた宿の跡なのか。露の降りた浅茅が原に松虫が鳴いている。

*荒れにけり……―かつて男の訪れを待った宿は荒れ、草原となった。露が置く軒端で松虫が鳴いている。

*忍草……―軒の忍ぶ草にひっそり露が置くように私も涙を流しているが、あの人も訪れず、宿も古びてしまった。

*宿は荒れて……―宿は荒れ果ててしまって人もいない。深山の老いた松に風が吹くが、風は松にだけ吹くというつもりなのか。

*『伊勢物語』一二三段―深草の跡に住む男女の恋を描き、別れの悲しさを鶉《うずら》に託してうたう。古今集に載り、「深草の里に住み侍りて、京へまうで来とて、そこなりける人に詠みておくりける」

ントとなって評価された。実朝の右の五首中の最後の「松にのみ訪《と》ふ風」という発想に似通《にかよ》っていて、実朝はこの良経の歌からもヒントを得たのだと思われる。そして『新古今集』には「*誰《たれ》かはと思ひ絶えても松にのみ訪《おとづ》れてゆく風は恨めし」という*有家《ありいえ》の先例もあって、実朝はさらにこれを主題にした。

　実朝がうたう右の五首は、生い茂った浅茅《あさじ》が象徴する荒れ果てた宿、女の許《もと》から去って行った男と死んでしまった女の魂、その魂の声を伝える松虫、涙を暗示する露、忍ぶ草、松風などの景物《けいぶつ》で構成され、松虫の声や松に吹く風と、掛詞《かけことば》「待つ」にだけ重点が置かれた「音」が響くように設定されている。新古今時代に好んで試みられた物語的状況をうたった詠法《えいほう》である。

　これをストーリーとして読めば、最初の「草深み」の歌は、男が荒れた宿を再訪《さいほう》する姿を描き、読者を荒廃《こうはい》の世界へ導く。二首目も同じく男が宿を眺めるシーンで、女の魂の声であるような松虫の声が男の耳に届いてくる。三首目では、今度は詠み手が女に代わり、荒れた宿の中でまだ男を待っているという仮想《かそう》の世界に入る。四首目もまた、女が男を待っている場面で、時間が経過したことを伝える。そうして最後の五首目では、男の姿も女の姿も消え果て、荒れた宿と深山《みやま》に立つ松という風景が遠景《えんけい》として描写されているこ

という詞書で「年を経て住み来《こ》し里を出でていなばいとど深草野とやなりなん」という男の歌と、女の返し「野とならば鶉と鳴きて年は経むかりにだにやは君は来《こ》ざらむ」が載る（古今集・秋上・九七一、九七二）。

＊水無瀬殿恋十五首歌合―24参照。

＊里は荒れぬ…―新古今集・恋四・一三一三・後鳥羽院。

＊誰かはと…―新古今集・雑中・一六二一・藤原有家。

＊有家―六条藤家の有力歌人で、後鳥羽院歌壇でも活躍し、新古今集撰者の一人となった。

となる。

「故郷」というのは、普通には昔都《みやこ》として栄えたが今はさびれた土地という意味である。しかしこれに「恋」という題が加わると、「松虫」や「忍ぶ草」という恋を彷彿《ほうふつ》とさせる景物の名が重ねられて、男が通っていた頃の幸福だった時代から、一転して今は誰も来なくなってしまったという男女間の時間の経過がいやおうなく浮かんでくる。そのように仕組んで、実朝は一つの恋の終わりを男女双方の立場から創《つく》り上げた。この連作は、実朝が新古今的な世界に深く耽溺《たんでき》したことを我々に教えてくれるだろう。

ちなみに、『金槐集』にはこの歌群のしばらくあとに、やはり「故郷の恋」という題で、「故郷の杉の板屋の隙《ひま》を荒み行きあはでのみ年《とし》の経ぬらむ」という一首が載せられている。こちらは、杉で作られた板屋の荒板の隙間《すきま》が粗《あら》いように、二人はぴったりと寄り添うこともなく、年だけが過ぎるのだろうかという実らぬ恋の嘆きの歌。明らかに前の歌々とはモチーフが異なる一首である。ところが『金槐集』の別本《べっぽん》である柳営亜槐本は、同じ題ということで、この歌を先の五首の前に置いている。二人の恋の時間の推移をよく整理して示そうとして配列したのだろうが、悪《あ》しき改編《かいへん》というべきであろう。

28

涙こそ行方《ゆくへ》も知らね三輪《みわ》の崎佐野《さの》の渡《わた》りの雨の夕暮れ

【出典】金槐和歌集・恋・四九九

涙が果てしなく流れ、その行方も知れない。雨が降るこ三輪の崎の佐野の渡しの夕暮れ、恋に悩む私の行く先も分からなくなってしまって。

「三輪の崎佐野の渡り」は、『万葉集』の長忌寸奥麻呂《ながのいみきおきまろ》の歌にまず登場する。

苦しくも降りくる雨か三輪の崎佐野の渡りに家もあらなくに*

ここでいう家とは、故郷のわが家という意味で、辺《あた》りに人家《じんか》がないという意味ではない。旅先で出逢《であ》った困難に、郷愁《きょうしゅう》を掻き立てられているのだ。

この万葉歌に脚光を当てたのは定家《さだいえ》であった。早く正治《しょうじ》二年（一二〇〇）の「院初度百首」に、この歌を本歌取《ほんかど》りにした、

【詞書】恋の歌。

【語釈】○三輪の崎佐野の渡り―三輪の崎は現和歌山県新宮市三輪崎町の辺り。佐野は三輪崎村にあった渡し場。

＊苦しくも…―万葉集・巻三・二六五・長忌寸奥麻呂。定家はこの万葉歌を『新勅撰

*駒《こま》とめて袖打ち払ふ陰《かげ》もなし佐野の渡りの雪の夕暮れ

という、『新古今集』に採《と》られて彼の代表作の一つとなった有名な歌を詠んでいる。定家はこの歌で「佐野の渡り」を歌枕《うたまくら》として、辺りには立ち止まる陰もないという孤絶《こぜつ》したイメージを与えた。さらに、雨を雪に変え、積もりゆく雪原《せつげん》の中で馬に乗った旅人が立ち惑《まど》う一枚の絵を描き出している。

実朝の「佐野の渡りの雨の夕暮れ」という下句《しものく》が、その歌の下句を参考にしていることは明らかであるが、定家の歌だけを本歌取りしたのではないのは、もとの歌の「三輪の崎」を詠み、雪を雨に戻していることから分かる。

さらに、定家にはやはり「佐野の渡り」を詠んだ「行方《ゆくへ》なき宿はと訪《と》へば涙のみ佐野の渡りの村雨《むらさめ》の空」という「水無瀬《みなせ》殿恋十五首歌合」での作がある。「雨に寄する恋」という題で、雨中《うちゆう》に行方の知れない人を探し求める男の涙を詠んだものだが、実朝がこの定家の歌からも、「行方」という表現を取り入れていることが読み取れるだろう。そして、この歌に応《こた》えるように、行方の知れないのは涙の方だとうたうことで、作歌主体の行方という意味も重ねて、先行の三首の歌の心もとない思いの世界を恋の歌としてうたいあげることができたのである。手練《てだ》れの技とでも言えるだろう。

集』に入集《にっしゅう》させている。

*駒とめて……——新古今集・冬・六七一・定家。

29

旅寝《たびね》する伊勢《いせ》の浜荻《はまをぎ》露ながら結ぶ枕《まくら》に宿る月影

【出典】金槐和歌集・旅・五二五、続古今和歌集・羇旅・八九二

旅寝をして、伊勢の浜荻を露が置いたまま結んで草枕とする。その枕の露に月が映《うつ》っていることだ。

【詞書】旅の歌（金槐集）、旅歌中に（続古今集）。

これは旅を詠んだ歌であるが、実際に実朝が伊勢まで旅をしたわけではない。これまで見た恋の歌と同様、家集の羇旅《きりよ》の部に収められるものとして、架空《かくう》の旅の情を詠んだ歌、つまり題詠歌《だいえいか》である。

『金槐集』の旅の部に載《の》っている歌の中で、実朝が実際に現地に赴《おもむ》いて詠んだと思われるのは、22で触れた二所《にしよもうでげこう》詣下向の時に詠んだ二首だけである。それも実感溢《あふ》れるというものではなく、実朝は、私的生活の旅をうたうより、

勅撰集の規範《きはん》に従って旅歌を作ることを信条としていたように思われる。

この歌に詠まれた「伊勢の浜荻」は、『万葉集』に見え、妻が旅先の夫を思って詠んだ「*神風《かみかぜ》の伊勢の浜荻折り伏せて旅寝やすらむ荒き浜辺に」という歌は『新古今集』にも採られている。『新古今集』が「万葉集に入れる歌はこれを除かず」という方針を取ったためだが、この時代、*『万葉集』の訓《くん》読《どく》が大いに進んだおかげで、『万葉集』がまだ詠み古されていない新鮮な歌《か》語《ご》の宝庫として再浮上してきたからでもあった。実朝も、『新古今集』を通してその魅力を知ったのである。

万葉歌は、その初学期からすでに実朝の前にあった。そこから『万葉集』の抄出本《しょうしゅつぼん》や原典へと読み進めるようになったかと思われる。

この実朝の歌は、右に挙げた『万葉集』の伊勢の浜荻の歌から学んだのであろうが、さらにそれを本歌取りした*藤原基俊《もととし》の「*あたら夜を伊勢の浜荻折り敷きて妹《いも》恋ひしらに見つる月かな」という歌を目にした可能性が高い。旅人の立場から詠まれた基俊の歌のように、実朝も旅人の視点に立って、その目に映る露の中の月を構想《こうそう》し、その心情を微細《びさい》な一点に閉じこめてうたったのである。

*神風の…—万葉集・巻四・五〇〇・碁檀落《ごのだんおち》の妻。新古今集・羇旅・九一一にも。

*『万葉集』の訓読—すべて漢字で書かれている万葉集の訓読は、平安前期の梨壺の五人による古点から始まり、平安後期に清輔、顕昭、俊成らが歌学書の中で展開した次点へと進んできた。仙覚による新点が万葉歌全部に付されたのは後嵯峨天皇時代の建長五年（一二五三）である。

*藤原基俊—十二世紀初頭頃から源俊頼とともに歌壇の指導者として注目された。俊成の師といわれ、万葉次点の一人。

*あたら夜を…—千載集・羇旅・五〇〇・藤原基俊。

30

住《すみ》の江《え》の岸の松ふく秋風を頼《たの》めて波のよるを待ちける

【出典】金槐和歌集・雑・五六六

住の江の岸の松を吹く秋風に期待をさせて、波は夜になるのを待っているのだ。

詞書にある「声うち添ふる沖つ白波といふ事」というのは、『古今集』に載る「＊住の江の松を秋風ふくからに声うち添ふる沖つ白波」という＊凡河内躬恒《おおしこうちのみつね》の有名な屏風歌を指す。常緑の松に長寿の祝いを込めたこの歌をテーマとして、実朝は、とある歌の会で周辺の武士たちと競作したらしい。

住の江とは大阪の住吉社《すみよししゃ》の辺りの浜辺である。躬恒は、有名な松林のある浜辺が描かれた屏風絵に添える、ささやかな音を立てる松籟《しょうらい》に合わせるか

【詞書】声うち添ふる沖つ白波といふ事を、人々あまたつかうまつりしついでに。

【語釈】○住の江―大阪市住吉区。住吉の入り江。万葉集以来、松が有名。○頼めて―当てにさせて、期待させて。○よる―「夜」に

郵 便 は が き

料金受取人払郵便

神田局
承認

2842

差出有効期間
平成 30 年 2 月
5日まで

101-8791

504

東京都千代田区猿楽町 2-2-3

笠間書院 営業部 行

■ 注 文 書 ■

◎お近くに書店がない場合はこのハガキをご利用下さい。送料 380 円にてお送りいたします。

書名 冊数

書名 冊数

書名 冊数

お名前

ご住所 〒

お電話

読　者　は　が　き

●これからのより良い本作りのためにご感想・ご希望などお聞かせ下さい。
●また小社刊行物の資料請求にお使い下さい。

この本の書名＿＿＿＿＿＿＿＿＿＿＿＿＿＿＿＿＿＿＿＿

本はがきのご感想は、お名前をのぞき新聞広告や帯などでご紹介させていただくことがあります。ご了承ください。

■本書を何でお知りになりましたか（複数回答可）

1. 書店で見て　2. 広告を見て（媒体名　　　　　　　　　　　）
3. 雑誌で見て（媒体名　　　　　　　　　　　）
4. インターネットで見て（サイト名　　　　　　　　　　　）
5. 小社目録等で見て　6. 知人から聞いて　7. その他（　　　　　　　　　　　）

■小社PR誌『リポート笠間』（年2回刊・無料）をお送りしますか

はい　・　いいえ

◎上記にはいとお答えいただいた方のみご記入下さい。

お名前

ご住所　〒

お電話

ご提供いただいた情報は、個人情報を含まない統計的な資料を作成するためにのみ利用させていただきます。個人情報はその目的以外では利用いたしません。

のように、寄せる沖の白波が波音を立てるという歌を詠んだのである。松の青に波の白を対照《たいしょう》させる視覚美《しかくび》とともに、絵に描くことができない松風と波の音という聴覚《ちょうかく》にも訴えたこの歌は、古来屏風歌の名歌とされてきた。

さて、実朝の歌は、風に合わせて波が寄せるとうたった躬恒の歌を前提にして、「頼めて」と「夜を待つ」という人事《じんじ》を思わせる人間的な動きを詠んだもので、そこに自然を擬人化《ぎじん》しようとする実朝の狙《ねら》いがあった。「秋風」は松に吹く。そして躬恒の歌のように、白波が寄せてくるのを期待して待っている。一方「白波」は、秋風にそう期待をさせつつ、松風に声を添えるために、岸に寄せる「夜」を待っているのだという。秋風は女を、白波は男を思わせる表現で、恋歌のように仕立てたのが趣向である。

ところで、この時の歌会は、若い将軍の嗜好《しこう》に合わせたものであったろうが、実朝が、こういう古歌《こか》を題に武士たちに歌を詠ませたというのも興味深い。彼らがどんな歌が作ったのか、今となっては分からないが、実朝に対して寄せる彼らの心情を実朝自身は肌に感じていただろう。実朝は、あるいは、こういう趣向を面白いと理解し評価してくれる人々が周《まわ》りにいたことを、家*集の中に書き留めておきたかったのかもしれない。

「波」の縁語である「寄る」を掛ける。

*住の江の……—古今集・賀・三六〇に作者名を欠いて載せられる。拾遺集・雑秋・一一一二に躬恒の名で再録された。

*凡河内躬恒—古今集撰者の一人で、貫之とも親交がある。多くの歌合に出詠し屏風歌も多数詠作した。

*家集の中に書き留めて—金槐集・秋・一七六にも、「秋の野に置く白露は玉なれや」という文屋朝康《ふんやのあさやす》の古歌を題に人々に歌を詠ませた例がある。実朝は「ささがにの玉貫《ぬ》く糸の緒《を》を弱み風に乱れて露ぞこぼるる」と詠んでいる。

31

沖《おき》つ波八十島《やそしま》かけて住む千鳥《ちどり》心ひとついかが頼まむ

【出典】柳営亜槐本金槐和歌集・雑、続拾遺和歌集・羇旅・七二一

沖の波が寄せている多くの島を心にかけてねぐらとしている千鳥のように浮気なおまえを、一心《いっしん》に私に向き合っている者と、どうして頼りにすることができようか。

【詞書】素暹《そせん》法師、物へまかり侍りけるに遣はしける（柳営亜槐本、続拾遺集）。

【語釈】○八十島―大小様々な島。○心ひとつ―思う心が一つで浮気などしないこと。○いかが頼まむ―反語表現。どうして当てにする

この辺で、題詠の歌から離れ、具体的な人間とやりとりをした実朝の贈答《ぞうとう》歌《か》を一つ二つ見てみよう。柳営亜槐本に載る*家臣《かしん》との交流を描く歌である。

この歌は、詠歌《えいか》の時期は不明であるが、領地を有する*下総国《しもうさのくに》へ出向いていた*東胤行《とうのたねゆき》へ贈った。胤行を、沖の波が寄せていくその先々にある多くの島を飛び回る千鳥に喩《たと》え、「住む」という語に、「棲《す》む」（夫婦として暮らす）という意を掛けて、下句《しものく》を恋歌仕立てにして贈ったのである。

「心ひとつ」という表現は、「*女郎花《をみなへし》秋の野風にうち靡《なび》き心ひとつを誰《たれ》に寄すらむ」という『古今集』の歌にあるように、本来は一つしかない心という意であるが、あちこちを気に掛ける浮気な貴男《あなた》の心は一つであるとも思われないとからかったのだ。しかしこれはもちろん冗談。同性の家臣に対して恋歌を贈る場合がないとは言えないが、和歌に堪能《たんのう》な人々の間で、女だったらこういう所なのだが、というふうに洒落《しゃれ》てみるのはよくあることだった。

　これに対し、胤行の返歌《へんか》は「浜千鳥八十島かけて通ふとも住みこし浦をいかが忘れむ」とある。一族の千葉氏が任ぜられた地頭職《じとうしょく》は、土地の管理や徴税、治安に関わる多忙《たぼう》な職務である。胤行も実朝の近習《きんじゅ》としての仕事だけに終わるものではなかった。贈歌《ぞうか》にある言葉「八十島」「千鳥」を使って自らを「八十島かけて通ふ」多忙な千鳥と認め、その縁語《えんご》である「浜」や「浦」を巧《たく》みに配置した。実朝を「住みこし浦」に喩えて、私が多くの島を飛び回る千鳥だとしても、今まで住んでいた海岸をどうして忘れたりしましょうかと、主人である実朝に心の忠誠を訴えたのである。実朝のつっこみを全否定することなくさらりとかわす胤行のこの返歌《へんか》も見事だというほかない。実朝にとっては心の通じ合った家臣との贈答であったのだろう。

ことができるだろうか。

*家臣との交流を描く歌―柳営亜槐本は、この他にも二階堂行光との贈答を載せる。また武士ではないが、永福寺僧坊へ贈った歌が吾妻鏡から採歌されている。

*下総国―頼朝と挙兵して下総国守護となった千葉常胤の六男胤頼が同国東荘を領し東氏を名乗るが、重胤はその子で、胤行は孫に当たる。32に述べる海上郡は千葉氏が地頭職を有した。

*東胤行―勅撰集に二十二首入集する実力歌人。『新後撰集』は宗尊親王《むねたかしんのう》との贈答歌を載せる。柳営亜槐本は「素《そ》暹《せん》法師」と記すが、この時はまだ出家していない。

*女郎花…―古今集・秋上・二三〇・藤原時平。

32

恋《こひ》しとも思はで言はば久方《ひさかた》の天照《あまて》る神も空に知るらむ

【出典】柳営亜槐本金槐和歌集・雑

あなたのことを恋しいとも思わずに私が命令したのであれば、天照大神《あまてらすおおみかみ》にもその嘘が知られてしまうだろう。真実そう思っているのだから、早く顔を見せなさい。

【詞書】建保六年十一月、素暹《そせん》法師（時に胤行）下総国に侍りし頃、上るべきよし申し遣はすとて。

【語釈】○天照る神―高天原《たかまがはら》を治める母神の天照大神。○空に知る―暗に知るという意に、天を治めるという

これも、実朝が東胤行に宛《あ》てた歌である。『吾妻鏡』には、建保《けんぽう》六年（一二一八）十一月二十七日、胤行が下総海上庄《しもうさうなかみしょう》に下向《げこう》して久しく帰参《きさん》しなかったので、実朝が*御教書《みぎょうしょ》を遣《つか》わしたとあり、この歌を載せる。31の場合と似ているが、これは実朝二十七歳、右大臣となる数日前のことである。実朝が後の暗殺という異変を予感して胤行を呼んだのかどうかは分からない。

実はこれに類した話が、胤行の父重胤《しげたね》にもあった。『吾妻鏡』に重胤の名

が載るのは、建久《けんきゅう》六年（一一九五）八月、鶴岡《つるがおか》の＊放生会《ほうじょうえ》に出席の頼朝に随従《ずいじゅう》したという記事が最初で、その後、建仁《けんにん》三年（一二〇三）十月八日の実朝元服《げんぷく》の儀式では＊役送《やくそう》を務めた。また元久《げんきゅう》三年（一二〇六）二月四日の大雪の晩、雪見のために名越山《なごえやま》の北条義時《よしとき》の山荘に出かけた実朝は、そこで和歌会を開いたが、伺候《しこう》の武士の中に義時、重胤、知親《ともちか》の名が見える。同年十一月には「並びなき近習」と書かれており、重胤が和歌の才によって実朝の近くに用いられていた寵臣《ちょうしん》であったことが分かる。

建永《けんえい》元年（一二〇六）十一月、下総に数ヶ月在国していた重胤を、実朝は歌を遣わして召したが、彼は遅参《ちさん》して実朝の怒りを買った。重胤は義時に相談して、その詠歌《えいか》を義時が実朝にとりなして、怒りが解けたという。重胤は義時に代々の忠誠を誓ったというが、その他の展開は胤行とまったく同じである。

『吾妻鏡』は、和歌に長じた重胤・胤行親子への実朝の寵愛《ちょうあい》を強調したかったのだろうか。その思惑《おもわく》はともあれ、＊東常縁《とうのつねより》に繋がる家系を持つ東氏にとっては、二代にわたるこの栄誉は、語るにふさわしい面目をほどこすエピソードであったことは確かであろう。重胤は実朝が暗殺された鶴岡八幡宮参詣にも付き従ったのである。

意を掛ける。

＊御教書―諸侯将軍の発する命令書で、特に鎌倉時代に将軍の意を承って出された奉書。

＊放生会―獲《とら》えた生き物を放す放生を目的とする法会。

＊役送―本来は儀式の場で貴人に膳を運ぶ役目。ここは元服の冠具を運んだか。

＊東常縁―室町期の歌人。美濃郡上《ぐじょう》の領主。二条派歌人として多くの典籍と歌書を有し、古今集や百人一首などの注釈を宗祇《そうぎ》に伝えた。

33

世の中は常にもがもな渚《なぎさ》こぐ海人《あま》の小舟《をぶね》の綱手《つなで》かなしも

【出典】金槐和歌集・雑・六〇四、新勅撰和歌集・羇旅・五二五

世の中は常に変わらないものであってほしい。渚で引き綱を引いて舟を漕《こ》いでゆく漁師たちの姿のかなしさよ。

【詞書】舟（金槐集）、題知らず（新勅撰集）。

【語釈】○常にもがもな―常であってほしい。○綱手―舟につけて舟を曳航《えいこう》するための綱。舟が舟を曳《ひ》く場合や陸伝《づた》いに曳く場合もある。○かなしも―「かなし」は

定家が『新勅撰集《しんちよくせんしゆう》』と併せ、「百人一首」にも実朝の代表歌として採《と》った有名な歌である。しかしその解釈はいろいろに分かれている。

この歌が、『古今集』の東歌《あずまうた》「陸奥《*みちのく》はいづくはあれど塩釜《しほがま》の浦こぐ舟の綱手かなしも」の下句によっているところから、東歌の作者が陸奥の風景を「かなしも」と愛惜《あいせき》したように、実朝も鎌倉の海辺で見た漁師たちの光景に心惹《こころひ》かれた歌だという説が一般的である。定家が『新勅撰集』の羇旅《きりよ》の部

に入れたのも、この海辺の生活を鎌倉の一風景と見、新しい東歌を見る思いもあってのことだろう。別にまた、風景を詠んだのではなく、苦しい生業《なりわい》を営む海人《あま》の生き方に心寄せたとする説もある。ここに実朝の人間的な優しさや、為政者《いせいしゃ》としての心構えをみる解釈である。

しかし、その光景がなぜ永遠に続いてほしいという願いに繋がるのか、直《ただ》ちには分からない。下三句と上二句の間には断絶があるという説は以前からあった。この「異質なものの並列」を新古今的なものと見て、「存在するものの無限のさびしさ・かなしさ」と「永遠を希求する作者の無量の思い」を「美」として読み取ろうとする説もあるが、いささか深読みに過ぎよう。

都人《みやこびと》には見ることができない光景。風景は美しくても、海人たちの暮らしはわびしさをそそる。明日も知れない、頼りない生を象徴するものが舟で、それは永遠の対極《たいきょく》にあるものだ。「舟」という題もそれが眼目《がんもく》であることを示している。

それでも、逃れようもなく眼前の仕事に取り組む海人の姿は、形を変えた自分の姿でもある。無常《むじょう》に翻弄《ほんろう》される人というものの姿でもある。この歌は、実朝が持つそうした生への哀感や共感が自然に溢《あふ》れ出たものなのである。

哀・悲・愛などと当てられ、心が揺さぶられる様々な感情を表す。

＊陸奥は……古今集・東歌・一〇八八。

＊存在するものの無限の……角川書店・鑑賞日本古典文学『金槐和歌集』解説（片野達郎）。

34

物いはぬ四方《よも》の獣《けだもの》すらだにもあはれなるかなや親《おや》の子を思ふ

【出典】金槐和歌集・雑・六〇七

物を言うことができないこの世のどんな獣でさえも、親は子を思っている。なんとも心動かされることだなあ。

【詞書】慈悲の心を。

○慈悲―衆生を慈しみ楽を与える「慈」と、衆生を憐れんで苦を除く「悲」のこと。与楽抜苦ともいう。天台では慈を父の愛、悲を母の愛に喩える。

【語釈】○四方―前後左右、

「僕*らなら求め合う寂しい動物　肩を寄せるようにして愛を歌っている」とうたったのは桜井和寿《かずとし》である。「四方の獣すらだにも」と詠《よ》む実朝は、この獣に何を見ていたのだろうか。

和歌に獣が詠まれることは少ない。『古今集』の長歌《ちょうか》の一部に「獣*の雲に吠えけむ心地して」とあるが、中国の故事『神仙伝』を承《う》けたもので、伝説上の獅子《しし》または犬を指している。また、藤原顕輔《あきすけ》が詠んだ「獣*になほ劣りても見ゆるかな人をば知らぬ人の心は」は、時に人は獣に劣るという経典《きようてん》の主旨《しゅし》を詠んだもの。実朝と同時代の順徳《じゅんとく》天皇の歌に「*降り積もる雪の朝《あした》の山里は鳥獣《けだもの》の跡だにもなし」というような野生の獣が登場するが、獣自体は歌の中に描かれていない。

この歌は、「四方の」という大げさな表現をとり、「すら・だに」と「かな・や」を二つも重ね、さらに「あはれなるかなや」と「親の子を思ふ」を倒置《とうち》させるなど、実朝の歌としては珍しく強い調子である。ここで実朝がうたう獣は抽象的なものではなく、獣の親子がまさに肩を寄せて慈《いつく》しみあうという眼前の姿に心動かされていることは確かだろう。

実朝は十二歳の年から『法華経《ほけきょう》』を習い、十三歳の時には『天台止観《てんだいしかん》』の談義《だんぎ》を聴講し始めている。この歌の題「慈悲の心」とは、仏教的な与楽抜《よらくばっ》苦《く》、仏の慈悲をいうが、実朝の心には、天台の教えが説く、慈悲とは父母の心をいうという理解もあったのだろう。実朝の獣はそうした本能的なもので、父母の愛を具現《ぐげん》するものであったのだ。人はなぜ本能に従う獣のように、親が子を、人が人を愛することができない宿命を負うのか、ただ肩を寄せ合うだけでよいのにと、その悲しみを強く訴えているのである。

東西南北の意からあらゆる所。○すらだにも―「すら」も「だに」も軽いものをあげて重いものを類推させる言葉。賀茂真淵は「すらか、だにか、一つこそ言へ」と批判している。○かなや―「かな」「や」いずれも感動を表す助詞。

*僕らなら求め合う…―桜井和寿「掌」。

*獣の雲に…―古今集・雑体《ざってい》・一〇〇三・壬生忠岑。

*獣になほ…―久安百首・釈教・大集経二垂弾呵。

*降り積もる…―紫禁和歌集「建保四年三月頃、二百首和歌」。

35

いとほしや見るに涙も止《とど》まらず親もなき子の母を尋《たづ》ぬる

【出典】金槐和歌集・雑・六〇八

かわいそうでたまらない、見ていると涙が止まることなく溢《あふ》れてしまう。親もいない幼い子が母の行方を求めている姿は。

【詞書】道の辺《ほと》りに幼き童《わらは》の、母を尋ねていたく泣くを、その辺《あた》りの人に尋ねしかば、父母なむ身罷《みまか》りにしと答へ侍りしを聞きて詠める。

前の「四方の獣」の歌に直接続く歌。長い詞書《ことばがき》があり、眼前の子供の様子をそのまま歌にしており、実朝の優しさがよく出ている歌だと評価されてきた。しかし、それで済ますわけにはいかない。この子の父母はなぜ亡《な》くなったのか、なぜこの子の歌がここで詠まれるのか、詞書はあまりに唐突《とうとつ》であるからだ。これは決して見たままの聞いたままの日常の記録の歌ではない。前の「四方の獣」の歌と対照《たいしょう》させ、人の子の哀《あわ》れさを際立《きわだ》たせようという意

＊「老人」を詠んだ連作―詞

図のもとにここに置かれているのである。

同じ『金槐集《きんかいしゅう》』の雑部《ぞうぶ》には「老人」*を詠んだ連作がある。その詞書でも老人の様子を細かく描写するが、老いを嘆くその人を「朽法師《くちほうし》」と呼び、その境遇《きょうぐう》を歌の上で代弁してみようという姿勢がある。たとえば「我幾そ見し世のことを思ひ出でつ明くる程なき夜の寝覚《ねざめ》に」など。つまり、心の動くままに言葉を働かせるというようなスタンスはもともとないとすべきなのである。その延長線上に『万葉集』があったとしても、実朝はあくまで、王朝和歌である『新古今集』から学んで歌作りをしたとみなければならない。

実朝は確かにこの幼児を見て、自分の姿を重ねたかもしれない。親の死も理解できない幼さが不憫《ふびん》でたまらなかったのかもしれない。しかし、王朝歌人としての彼はいつも歌の言葉の伝統に従って歌を詠む。「涙も止まらず」も、「玉ゆらの露も涙もとどまらず」*という定家の歌を思い浮かべていないはずはなかっただろう。

歌にしようとして言葉を探す。そして古歌《こか》と言葉が持つ思いを共有し、自らの思いに重ねる。それでも、そこに生まれるのは結局どれも実朝の歌になる。実朝の歌とはそういうものなのだろう。

書「相州《さうしう》の土屋といふ所に、年九十に余れる朽法師《くちほふし》あり。おのづから来たる。昔語りなどせしついでに、身の立《たち》居《ゐ》に堪へずなむなりぬることを、泣く泣く申して出でぬ。時に老といふことを人々に仰せてつかうまつらせしついでに詠み侍る歌」。右に挙げた一首目に続き、「思ひ出でて夜《よる》はすがらに音《ね》をぞ泣くありし昔の世々の古事《ふるごと》」、「中々に老いは呆《ほ》れても忘れなでなどか昔をいと偲ぶらむ」、「道遠し腰は二重《ふたへ》に屈《かが》まれり杖にすがりてぞここまでも来る」、「さりともと思ふ物から日を経ては次第次第に弱る悲しさ」と四首が続く。

*玉ゆらの……―新古今集・哀傷・七八八・藤原定家。母の死をうたった歌で、下句は「亡き人恋ふる宿の秋風」。

36

炎《ほのほ》のみ虚空《こくう》にみてる阿鼻地獄《あびぢごく》行方《ゆくへ》もなしと言ふもはかなし

【出典】金槐和歌集・雑・六一五

炎だけが空一杯に満ちている阿鼻地獄、どうあがいても
その中にしか行き所がないというのはなんともはかない
ことだ。

日本人に地獄の悲惨さを説《と》いたのは*源信《げんしん》の『往生要集《おうじようようしゆう》』であるが、現実に地獄のイメージを伝えたのは、『地獄草紙《じごくぞうし》』などの絵巻《えまき》や、諸寺が絵解《えと》きに使った多くの地獄絵などの身近な絵画であった。地獄の苦しみと言葉で言うより、七重の鉄城《てつじよう》、地獄の炎、焦熱《しようねつ》・剣山・銅《あかがね》のたぎる湯など恐ろしい阿鼻地獄の絵を見れば、その激しさに慄《おのの》かずにはいられなくなる。*実朝より先に地獄図をうたった歌人は多くいた。その中で西行《さいぎよう》の『聞書《ききがき》

【詞書】罪業《ざいごふ》を思ふ歌。
○罪業―地獄に堕ちて苦を受ける原因となる罪。

【語釈】○阿鼻地獄―八大地獄の最下層にある地獄。仏教でいう五逆の大罪を犯した者が堕《お》ち、間断なく苦《く》を受けるとされる無間地獄。

集《しゅう》』に載る「地獄絵をみて」の連作二十七首が注目される。地獄絵を見た西行はそこに自分の未来を予見し、「*いかにかすべきわが心」さあどうするお前は、と自らに問いかけずにいられなかった。

詞書にある「罪業《ざいごう》」とは、地獄に堕《お》ちて苦を受ける原因となる現世での罪のこと。それを思えば、西行のように「かかる報いの罪やありぬる」と自問せずにはいられないだろう。阿鼻地獄は　地獄の中で最も大罪《たいざい》を犯した者が堕《お》ちる所で、その罪は父母を殺すことなどである。

地獄絵の中に実朝は父の頼朝の姿を見ていたのであろうという指摘がある。しかしそんな客観的な話ではあるまい。地獄で苦しむ人々は、多くの肉親を殺戮《さつりく》してきた父であり、多くの御家人《ごけにん》であるが、いずれ自分もそこにいくのだという恐ろしい想像を見ていたはずだ。

彼はその恐怖を一方で「はかなし」と言う。*諸家の口語訳《こうごやく》は、恐ろしい、情けないという意を添えるが、「はかなし」を説明したものとは言えない。それは、どう後悔しても阿鼻地獄しか行く場所がなく、またこれからどのように生きてもその阿鼻地獄から逃《のが》れられない、そんな自分の存在や宿命《しゅくめい》の空しさを悲しむ心を表現した言葉だったのではないだろうか。

阿鼻叫喚《あびきょうかん》という語はここから出た。

*源信―平安時代中期の天台浄土教の祖。その著『往生要集』に地獄の様相が詳しく説かれている。

*実朝より先に―「浅ましや剣の枝の撓《たわ》むまでこは何の身のなれるならむ」（金葉集・雑下・六四四・和泉式部）、「地獄絵に量《はかり》に人を懸けたるを見て」（赤染衛門集・詞書）など。

*いかにかすべき―「見るも憂しいかにかすべきわが心かかる報いの罪やありける」（西行・聞書集）。

*諸家の口語訳―まことに恐ろしくはかないことだ（角川鑑賞日本古典文学）、まことに情けないことだ（新潮古典集成）、あわれに情けないことだ（金槐和歌集全評釈）など。

37

塔《たう》をくみ堂《だう》をつくるも人の嘆き懺悔《さんげ》にまさる功徳《くどく》やはある

【出典】金槐和歌集・雑・六一六

寺社の塔を組んだりお堂を造ったりすることよりも、人が罪の深さを嘆き、それを懺悔することにまさる功徳があるだろうか。

仏の教えをやさしく説く釈教歌《しゃっきょうか》として詠まれた歌である。仏教では在家《ざいけ》の民を救済するために、いわゆる善行を積《つ》んで罪を免《のが》れるという方便《ほうべん》が説かれた。写経をしたり経文《きょうもん》を唱《とな》えたり、あるいは仏像を持仏《じぶつ》として安置したりする行為がそれである。摂関家《せっかんけ》や将軍家などの為政者《いせいしゃ》クラスが橋を架《か》けたり、仏寺や堂塔《どうとう》を建立《こんりゅう》することに熱心であったのも、この功徳のためである。

この歌で「人の嘆き」が第二句に続くのか、第四句の「懺悔」に続くとみ*

【詞書】懺悔の歌。

○懺悔―過去の罪を悔い、仏や菩薩、大衆《だいしゅ》の前で告白すること。これによって罪が消滅するとされた。

*第二句に続くのか―前者ならば三句切れ、後者ならば二句で切ることになる。

るかで説が分かれている。前者ならば、塔を組み堂を造ることも人の嘆き、嘆願《たんがん》からすることだろうが、懺悔に勝《まさ》る功徳はないという意になるし、後者ならば、堂塔を建てるという外形的なことよりも、罪を嘆いて懺悔をする人の心の方が功徳になるということになるだろう。

かつて、*源頼義《よりよし》が石清水八幡《いわしみずはちまん》を由比《ゆい》に*勧請《かんじょう》した八幡宮寺《はちまんぐうじ》を、治承《じしょう》四年（一一八〇）、頼朝が現在の鎌倉市雪ノ下の地に遷《うつ》した。これが今の鶴岡《つるがおか》八幡宮である。頼朝は翌年から毎年元旦にこの氏神《うじがみ》に参詣し、以後の将軍も恒例《こうれい》の行事とした。鶴岡八幡で日常行われる経典の読誦《どくしょう》や法会《ほうえ》はもちろんのこと、その他の大小の寺社の勧請や建立・再建などが鎌倉を賑《にぎ》わせた。しかしそれでも、「人の嘆き懺悔にまさる功徳やはある」と実朝はうたう。

「*年ごろぞ尽きせざりける我が身より人の為まで嘆き続くる」という歌がある。嘆きは悪行《あくぎょう》を思ってつく嘆息《たんそく》であろう。しかし、それは過去を悔い悲しむだけでなく、懺悔することでその罪を滅《めっ》し、来世《らいせ》に希望をもたらすのである。実朝の歌に詠まれた「人の嘆き」もそれに同じで、罪を思うこと、人の嘆きとその懺悔なのである。実朝は、人の心こそが人を救うのだと伝えたいのだろう。実朝がすべての人を思う気持が伝わってくる歌である。

＊源頼義―平安時代中期の清和源氏の武将。平忠常の乱、陸奥の安倍氏の乱を平定し、東国に地盤を確立した。

＊勧請―勢力のある神を招いて新たにその神の神社を祭ること。日本の神はこの勧請という方法によって全国に分布した。

＊年ごろぞ……―選子《せんし》内親王の発心和歌集「懺悔業障」。業障とは人間の身・口・意のすべてに関わる悪業が正しい仏道修行を妨げること。

38

時により過ぐれば民《たみ》の嘆きなり八大龍王《はちだいりゅうわう》雨やめたまへ

【出典】金槐和歌集・雑・六一九

雨も場合によって降りすぎれば民の嘆きとなりましょう。八大龍王よ、もう雨を止ませて下さい。

実朝の歌の中でもよく諸書に引用される歌である。将軍としての実朝の大きな心の持ちようがはっきりと示されている。雨を支配する八大龍王に向かって、ここまで堂々と呼びかけられる人間はそうそういない。ある種の高揚《こうよう》感さえ漂《ただよ》っている。

詞書によれば、建暦《けんりゃく》元年（一二一一）七月に洪水《こうずい》が起こり、進んで本尊《ほんぞん》に祈った歌とあるが、『吾妻鏡』には、*洪水の記録は記されていない。日時の誤り

【詞書】建暦元年七月、洪水天に漫《はびこ》り、土民愁嘆《しうたん》せむ事を思ひて、ひとり本尊に向ひたてまつり、いささか祈念を致して曰《いは》く。

○洪水天に漫り…―『書経』の虞書益稷《ぐしよえきしよく》に載る「洪水天に滔《はびこ》り、山を懐《つつ》み陵《をか》に襄《のぼ》り、下民昏墊《こんてん》す」

か、あるいはフィクションとして着想したのか、またその結果も定かではないが、実朝の時代でも、*歌の力が現実を変えるという言霊《ことだま》信仰はまだ生きていた証拠と見ることができる。

　実朝はこれまで、北条氏の傀儡《かいらい》将軍に過ぎなかったというイメージが流布《るふ》していた。ところが、承元《じょうげん》三年（一二〇九）に従三位《じゅさんみ》に昇進して公卿《くぎょう》として*政所《まんどころ》を開設する資格を得たことを契機に、実朝は将軍の親裁権《しんさいけん》を高めるべく、寺社仏事興行令を始めとする種々の法令整備を断行した。そのような将軍としての実朝の実像が*史学研究で明らかにされつつある。

　また、建暦元年には初めて政道を聴断《ちょうだん》し、『貞観政要《じょうがんせいよう》』によって統治者の道を学んだ。その七月が詞書の時のことで、十一月までかけて読了《どくりょう》したという。また、実朝が愛した『新古今集』の序文には、和歌は人の世に伝わってから「世を治め民を和らぐる道」、つまり治世《ちせい》の手段であったと記されている。実朝が為政者として、八大龍王の歌を詠む必然は大いにあったのだ。

　後鳥羽院に憧《あこが》れた実朝は、院に文武に優れた統治者の理想を見ていたのだろう。やがて訪れる悲劇を前に、実朝が一時《ひととき》でも政道、歌道に傾注邁進《けいちゅうまいしん》する時期があったことは、彼にとって幸いだったのではないだろうか。

からの引用という。

【語釈】○八大龍王―密教で雨を司る難陀《なんだ》・婆伽羅《ばから》などの八龍王。

*洪水の記録―逆に承元元年（一二〇七）六月に雨が一滴も降らず雨乞いを鶴岡八幡の供僧《ぐそう》に命じた。彼らが、江ノ島の龍穴で祈願した結果、翌日雨が降ったと記されている。

*歌の力が現実を変える―小野小町、和泉式部、能因法師など歌の名人たちにまつわる祈雨《きう》伝説は多い。

*政所―公卿の家に置かれた政務機関に倣い、鎌倉幕府に置かれた数人の別当による合議制の機関。

*史学研究―五味文彦氏「源実朝」（『吾妻鑑の方法』吉川弘文館・一九九〇）など。

39
うば玉や闇《やみ》の暗きに天雲《あまぐも》の八《や》重《へ》雲がくれ雁《かり》ぞ鳴くなる

【出典】金槐和歌集・雑・六二一

漆黒《しっこく》の玉のように暗い闇の中で、空の雲が幾重にも重なっている。その雲の中に隠れて雁が鳴いていることよ。

詞書にあるように、この歌は黒いものを集めて詠んだ。漆黒の闇の中で幾重にも重なる雲の圧迫《あっぱく》から押し出されるように、雁の声が静寂《せいじゃく》を破る。その声は、こちらの心の闇まで貫《つらぬ》くように聞こえる。定家にも、同じ「黒」の題で闇の中の女の黒髪を詠んだ「*烏羽玉《うばたま》の闇の現《うつつ》に搔きやれどなれてかひなき床《とこ》の黒髪」という歌がある。その妖艶《ようえん》さと比べるべくもなく、この実朝の歌には、闇を見据《みす》える冷たい孤独感が漂っている。

【詞書】黒。

【語釈】○うば玉―「ぬばたま」「むばたま」とも言う。檜扇《ひおうぎ》の黒い種子の色とされ、闇や黒髪など黒い物にかかる枕詞として用いられる。○天雲の八重雲―何層にも重なっている雲。

実朝は「雲深き深山《みやま》の嵐冴《さ》えさえて生駒《いこま》の岳《たけ》に霰降《あられ》るらし」、「久方の天雲あへり葛城《かづらき》や高間《たかま》の山はみ雪降るらし」といった雲に覆《おお》われた山を好んで詠んだ。『万葉集』から叙景《じょけい》を学んだ結果でもあるが、それを超えて、実朝は自然現象のすべてを、自己の心象《しんしょう》を描写する手段として利用したように思われる。

たとえば「雲の居る梢はるかに霧こめて高師《たかし》の山に鹿ぞ鳴くなる」という秋の歌では、雲を抱く山に加え、それを閉ざす霧を詠み足している。この歌の前に置かれた「妻恋ふる鹿ぞ鳴くなる小倉山《をぐらやま》山の夕霧立ちにけむかも」、「夕されば霧立ちくらし小倉山山の常陰《とかげ》に鹿ぞ鳴くなる」という二首を見ると、鹿の声が次第に霧に閉ざされて一層物寂《ものさび》しさを増すように配置していることが分かる。心まで閉ざす雲や、霧の中の雁や鹿の鳴き声は、作者自身の心の声でもあるかのように聞こえてくるのである。

今まで見てきたように、実朝は伝統的な歌の言葉を多く用いて、決して独創的な言葉遣いをするわけではない。和歌の伝統が創り出した既存《きそん》のイメージを重ね合わせることを通して、そこに独自な世界を構築《こうちく》すること、単なる叙景を叙景で終わらせないこと、それが実朝の歌の方法なのである。

*烏羽玉の……『拾遺愚草員外』に載る定家の歌。
*雲深き……金槐集・冬・三三六。
*久方の……柳営亜槐本金槐集所収歌。
*雲の居る……金槐集・秋・二三七。

40

紅《くれなゐ》の千入《ちしほ》のまふり山の端《は》に日の入《い》るときの空にぞありける

【出典】金槐和歌集・雑・六三三

紅に何度も何度も濃く振り染めた色。それは山の端に日が沈む時のその空の色であったのだなあ。

古代や中世の人々にとって、紅染《くれないぞめ》の染色を始め、藍染《あいぞ》めなど、衣類に色をつける工程は、現代の我々よりもはるかに身近であり、歌の中に染色《せんしょく》の言葉を用いることも多かった。「*陸奥《みちのく》の信夫《しのぶ》もぢ摺り」などもそうだが、特に紅染については、*「紅の深染めの衣《きぬ》」（万葉集）や「紅に八《や》しほ染めたる梅」（公任集《きんとう》）、「紅に千しほや染めし山姫の紅葉がさね」（俊成卿女集）などに見え、梅花《ばいか》の色濃さや紅葉の鮮やかさに喩《たと》えたりした。また*「紅に千しほ染め

【詞書】山の端に日の入るを見て詠める。

【語釈】○千入のまふり―「しほ」は助数詞で、千回というほど何度もという意味。「まふり」は「真振出《まふりで》」の略で、何度も染めて濃くなった色。

たる色よりも深きは恋の涙なりけり」と、漢語《かんご》「紅涙《こうるい》」の和訳である「血の涙」と比較されたりもした。

夕焼けを紅に喩えて、『金葉集《きんようしゅう》』の観暹《かんせん》法師の連歌《れんが》*「日の入るは紅にこそ似たりけれ」がある。実朝がこの歌を知っていたかどうかは不明だが、真っ赤な夕映《ゆうばえ》を「紅の千入のまふり」と捉《とら》えたのは実朝の心である。

しかしこの歌は、単純に千入の紅染めの色と夕映を結びつけることが主眼であったわけではない。末句の「空にぞありける」という驚きを含んだ表現描写は、画面一面を千入の紅に塗り込めてしまう迫力がある。実朝の眼前にはまさにその時、血のような真っ赤な夕焼けが広がっていたのであろう。

実朝が鎌倉や箱根や伊豆で、海を見、空を見て詠んだ*雑部の歌々には、実朝にしか詠めないような迫力がある。人は眼前に展開する荘厳雄大な景《けい》に接したとき、圧倒されて黙ってそれに見入ってしまうだろう。しかし、実朝がその景を自らが獲得した言葉でなんとか歌にした時、さらに思うことがある自らの姿をも言外《げんがい》に描き出すことになった。この時、実朝は単なる古典和歌の歌人の域を超え、一人の「詩人」となったのであろう。


*陸奥の信夫もぢ摺り―百人一首の河原左大臣の歌など。

*紅の深染めの衣―万葉集・巻十一・二六二四など。

*紅に……―拾玉集（慈円・日吉百首和歌）。

*日の入るは……―金葉集・雑下・六五二・観暹法師。

*海を見、空を見て詠んだ―以下のページでいくつか見る。

41

玉くしげ箱根《はこね》のみ湖《うみ》けけれあれや二国《ふたくに》かけて中にたゆたふ

【出典】金槐和歌集・雑・六三八

箱根のこの御湖《みうみ》は心を持っているのであろう。相模《さがみ》と駿《する》河《が》の二国の間に堂々と横たわって、静かに波を揺らしているよ。

【詞書】またの年、二所《にしょ》へ参りたりし時、箱根の御湖《みうみ》を見て詠み侍る歌。

○またの年―建暦三年(一二一三)。

【語釈】○玉くしげ―櫛《くし》を納める笥《はこ》の意の「櫛笥《くしげ》」に美称の玉をつけたもの。箱に

箱根の二所《にしょ》詣《もうで》に赴《おもむ》いた際の歌。芦ノ湖の景観を山の高みから俯瞰《ふかん》したときの感動を叙したものであろう。ここから四首叙景の歌が並ぶ。

まずこの歌について、古く、寓意《ぐうい》を秘めたものという解釈があった。箱根は東西の分かれ目であるから、朝廷と鎌倉の間、もしくは北条氏と源氏の間で心を裂かれた実朝の姿であるとか、恋愛の悩みを喩えたものであるとかいう説である。そうではない、写生《しゃせい》だという説も古くからある。

「*蒼古《そうこ》ともいふべき形態のうちに、堪えがたいような悲哀の情調をこもらせている」というのがその代表であるが、「*たゆたふ」湖水が不安を誘い、実朝の心を刺激したりもするが、詠まれたものはあくまで眼前の湖水であるという指摘もある。

また、ちょうど公武《こうぶ》の軋轢《あつれき》が高まった時期であったため、この歌から彼の人間的苦悩を読み取るのはもっともとしながら、*初々《ういうい》しくにおいやかな青年の感傷《かんしょう》にもっと注意すべきだ、という見解もある。

山頂から見る緑の中に大きく広がる清澄《せいちょう》な湖。これが箱根の御湖《みうみ》だという強い思いは、箱根権現への信仰と相《あい》まって、自らが治《おさ》める土地に対する誇らかな気持ちを、実朝の心の中に生んだのであろう。

「けけれ」という東国の方言をあえて用いたのは、彼が東国人だからではない。『古今集』の東歌《あずまうた》*「けけれなく横ほりふせる小夜《さや》の中山」という言葉を取って、「けけれ」のない小夜の中山と「けけれ」のある箱根の湖を対照*させたのだと言う。湖は二国の間でその姿をはっきり見せてくれると言いたかったのだ。その傍《かたわ》ら、湖面の「たゆたい」に引き込まれてしまう実朝の姿が読者の心に残る。それが青年実朝の感傷《かんしょう》の姿なのであろう。

掛かる枕詞。〇箱根のみ湖―現在の芦ノ湖。箱根山にある湖で、東岸に箱根権現がある。〇けけれ―「こころ」の東国方言。

*蒼古ともいふべき……―斎藤茂吉『源実朝』(一九四三)。

*「たゆたふ」湖水が……―松村英一『源実朝名歌評釈』(一九四四)。

*初々しくにおいやかな……―角川・鑑賞日本古典文学『金槐和歌集』(片野達郎)。

*けけれなく……―古今集・東歌・一〇九七。一、二句は「甲斐が嶺《ね》をさやにも見しが」。

*対照させたのだと言う―新潮古典集成『金槐和歌集』(樋口芳麻呂)。

42

箱根路《はこねぢ》をわれ越えくれば伊豆《いづ》の海や沖の小島に波の寄る見ゆ

【出典】金槐和歌集・雑・六三九、続後撰和歌集・羇旅・一三一二

箱根の山路を越えてくると、伊豆の青い海だ。遥《はる》かな沖の小島に波が白く寄るのが見える。

伊豆・箱根権現参詣の二所詣《にしょもうで》で詠まれた海の歌である。古来、実朝の万葉調の代表歌として絶賛*されてきた。実朝が詠んだものは、眼前《がんぜん》に広がる大海の波と小島のただ二つである。そして、それを読む我々に伝わってくるのは、すべての動きを止めて風景に見入っている実朝の心であるだろう。

実朝は、将軍として十六歳から二十二歳の間に都合八回、二所詣を経験した。この歌がそのうちのいつ詠まれたのかについては、細*かい考証があり、

【詞書】箱根の山をうち出でて見れば、波の寄る小島あり。供の者、この海の名は知るやと尋ねしかば、伊豆の海となむ申すと答へ侍りしを聞きて（金槐集）、箱根に詣づとて（続後撰集）。

【語釈】○伊豆の海—伊豆半

建暦《けんりやく》三年（一二一三）の最後の折《おり》だとされている。妥当《だとう》な説であろうが、この詞書を詠むと、広がる眺望《ちょうぼう》が伊豆の海だと初めて知った時の新鮮な驚きが伝わってくる。歌の第三句「伊豆の海や」という字余《じあま》りの響きが詞書に呼応《こおう》していて、驚きの中で小島を見つけるまでの瞬時の間《ま》をよく伝えている。いつ作られたのかいうことは問題ではないのだろう。新鮮な感動を伝えるべく詠まれた歌の表現がすべてだとするのが正しいのである。

　また、第二句「われ越えくれば」は万葉*の歌句によっており、こうした用語法や声調《せいちょう》が、実朝の歌が万葉調だと言われる要因になっている。しかし、伝統の言葉の中に自分の感動を見つけ出して、それを組み立てるという実朝の方法は、叙景でありながら抒情でもあるという表現に結実した。それが新古今的なものであることは、これまで見てきたとおりである。

　実朝の心の中に広がるさまざまな風景は、常に伝統的な言葉に重ねられて形となる。詞書でさえ創作の一環として、一首の歌を完成させるために整えられている。実朝は、和歌の詠作《えいさく》を始め、歌集の構成、配列のすべてを緻密《ちみつ》に編集しようとしたとみるべきであろう。この「箱根路」の歌は、そうした実朝の到達点をよく示す歌だといえるだろう。

島東部に広がる相模湾。○沖の小島―相模湾の初島を指す。

*絶賛されてきた―「さて鎌倉右府の歌ざま、おそらくは人麿・赤人をもはぢ難く、当来不相応の達者とぞ覚え侍る。…万葉集の中に書き交《まじ》へたりともよも憚《はばか》らじ」（愚見抄）、「かくまではいかで詠み給ふらんと常に愛《め》でらるめり」（賀茂真淵）など。

*細かい考証―鎌田五郎「実朝作『箱根路を』の一首の成立」（『国語と国文学』一九七七・五）。

*万葉の歌句に―「大坂をわが越え来れば二上《ふたがみ》にもみぢ葉流る時雨降りつつ」（万葉集・巻十・二一八五）、「逢坂を打ち出でて見れば近江の海白木綿花《しらゆふはな》に波立ち渡る」（同・巻十三・三二三八）など。

43

空や海うみやそらともえぞ分《わ》かぬ霞《かすみ》も波も立ち満《み》ちにつつ

【出典】金槐和歌集・雑・六四〇

空は空か海か、海は海か空か、どちらもどちらということが区別できない、この空と海は霞も波も一面に立ち満ちて。

前歌に続き、海をうたった歌である。夜が明けて、海上の薄明るい空に朝霞が立つ。白んだ空と白い波頭《なみがしら》を見せる海に、霞は海と空を覆い、さらにぼんやりとした白い紗《しゃ》をかける。空が海に降りてきたように、霞の中に水平線がまぎれてゆく。日が射《さ》せばやがて霞は消えるだろう。これは、海と空が静かに白一色に染められたそんな僅《わず》かな時間を捉《とら》えた歌である。

この歌の上句《かみのく》は『袋草紙《*ふくろぞうし》』などに載る「水や空そらやみづとも見え分か

【詞書】朝ぼらけ、八重の潮《しほ》路霞《ぢ》みわたりて、空も一つに見え侍りしかば詠める。

＊『袋草紙』などに載る―袋草紙の他、続詞花集・秋上・一八四、古今著聞集・第六、十訓抄・三にも収められる水上月題で詠まれた田舎侍

ず通ひて澄める秋の夜《よ》の月」という歌の前半に学んだものである。眼前の海に朧《おぼろ》の白の世界を見た時、実朝に、月が明るく照らす一面の白い光の世界の歌の記憶がよみがえり、この言葉が使われたのだと思われる。

この歌の「朝ぼらけ、八重《やへ》の潮路霞みわたりて空も一つに見え」という詞書は和歌のように美しい。簡単な歌題《かだい》だけの詞書が多い中で、これと同様に美しい詞書を持つものがある。10*もそうであったが、「雨そほふれる朝、勝長寿院の梅、所どころ咲きたるを見て、花に結びつけ侍りし歌」、「雨いたく降れる夜、ひとり時鳥《ほととぎす》を聞きて詠める」、「七月十四日夜、勝長寿院の廊《らう》に侍りて、月の射し入りたりしを詠める」などは、実朝の姿を実際に垣間《かいま》見せてくれるような筆致《ひっち》である。

雨そほふれる朝、雨いたく降れる夜、また月光が射す寺院の廻廊《かいろう》……、雨や闇に閉ざされた中で、一人、花や鳥や月を思う実朝の静かな時間が見えるようではないか。中でも静かな雨を詠む歌が『金槐集』に多い。実朝の好みであったらしい。41から続いた一連の実詠《じつえい》の歌は広大な景であったが、静かな雨を思う時を好んだのと同様に、実朝は、そうした静かな時間をこの海の歌に投影《とうえい》しようとしたのではないだろうか。

の歌。

*10もそうであった―庭の萩、わづかに残れるを、月さし出でてのち見るに、散りにたるにや、花の見えざりしかば。

44

大海《おほうみ》の磯《いそ》もとどろに寄する波われてくだけてさけてちるかも

【出典】金槐和歌集・雑・六四一

大海の荒磯を轟《とどろ》かすように寄せてくる大波。岩に当たって割れて、砕《くだ》けて、裂けて、散る。割れて砕けて、裂けて散る。

【詞書】荒磯に波の寄るを見て詠める。

大海がそのまま岩石《がんせき》に切り取られたような荒磯《あらいそ》に波がうち寄せる。その波が岩に当たって砕け散り、また、それを永遠に繰り返している。実朝が到達した風景表現の極致《きょくち》である。

「割れて砕けて裂けて散る」というのは、波の形を一瞬一瞬、一つ一つ捉《とら》えて言葉にしただけなのだが、それだけで下句を構成したのは、まさに歌人としての彼の手柄《てがら》である。この歌が持つ畳《たた》みかけるような緊迫感を持った表現は、古典和歌にはそうそうないだろう。

この歌に対して、これまで多くの評論家、歌人、研究者が深い感動を示してきた。彼らが読み取ったものは、実朝の孤独感であったり、憂悶《ゆうもん》、虚無、悲しみの心であったりした。また別に、*対象への没我《ぼつが》的同化があるのだという説もある。ともあれ、この歌には、読み手が歌の表面にうたわれていない実朝の内面にまで思いを馳《は》せずにはいられないものがある。

しかしまた、この歌にも、古典の表現が影を落としている。「*伊勢の海の磯もとどろに寄する波」であり、「*我《あ》が胸は割れて砕けて利心《とごころ》もなし」である。こうした伝統的な表現がすでに彼自身の中にあり、それを自在《じざい》に選び取って歌にする。実朝の歌がそうしたものであることは繰り返し触れてきた。『万葉集』の歌句《かく》を用いたことや、都人がうたえない東国《とうごく》の自然を目にしてうたったことは、彼の個性ではない。その対象に見入って古歌《こか》の言葉で作歌したこと、それが実朝の歌の形を作ったのである。

『金槐集』の雑《ぞう》の部の終わり近くには、こうした歌が矢つぎ早《ばや》に現れる。波が繰り返し寄せるように、この歌も読み手の心に残って長く流動を続けるのだ。

*対象への没我的同化―鎌田五郎『源実朝の作家論的研究』（風間書房・一九七四）。実朝の歌がことごとく孤独感をテーマにしていると見るのではなく、この「自然を根こそぎに捉えた歌」について言う。

*伊勢の海の……―万葉集・巻四・六〇〇・笠女郎。下句「恐《かしこ》き人に恋ひ渡るかも」。

*我が胸は……―万葉集・巻十二・二八九四・作者未詳。上句「聞きしより物を思へば」。噂で聞いて以来、胸が裂けてしっかりした分別もないというような意味。

45

君が代《よ》になほ永らへて月清《きよ》み秋のみ空の影《かげ》を待たなむ

【出典】金槐和歌集・雑・六六〇

後鳥羽院の御代《みよ》にますます永らえて、月が清らかに照らしている秋空の光のような院の恵みを待とう。

『金槐集』雑の部のうち、二所詣の旅の歌は、走湯山《はしりゆさん》の湯を神の効験《＊こうげん》と詠んだ歌で終わり、続いて神祇《＊じんぎ》の歌が並ぶ。その末尾に「神風《かみかぜ》や朝日の宮の宮《みや》遷《うつ》し影ののどかなる世にこそありけれ」という伊勢の遷宮祭《せんぐうさい》を詠んだ歌があり、それに続けてこの歌が載る。

前歌の「影ののどかなる」とこの歌の「秋のみ空の影」の間に違和感はないが、後鳥羽院の治世《ちせい》を頌《たた》える賀《が》の歌であれば、たとえば順徳天皇の大嘗祭《だいじょうさい》

【詞書】述懐の歌。

＊神の効験と詠んだ―22の脚注参照。

＊神祇の歌―勅撰集の部立ての一つ。神詠や神のことを詠んだ歌を指す。

の歌を賀の部に置くように、この歌も賀部に入れてよいはずだが、わざわざここに置いたのは、それなりの意味があったとみなくてはならないだろう。『金槐集』は次項で見るように、巻末《かんまつ》に後鳥羽院から御書《ごしょ》を賜《たまわ》ったときの三首を置く。それとの繫がりが意識されていたのである。また、その三首は、後鳥羽院に対する自らの立場というものを強く意識した歌であるのだが、そのこととも関連しているだろう。

臣下《しんか》が帝と共に永らえたいとうたう例は、「*永らへてなほ君が代を松山の待つとせしまに年《とし》ぞ経にける」のようにないわけではない。しかし、実朝の歌が「君が代になほ永らえて」と自分の側の長寿《ちょうじゅ》を祈っているのは、都にいる西の統治者に対して、自らが東にあって後鳥羽院に並び立つ将軍であるということをことさら強調したいと思ったと解《かい》せるのではないだろうか。

なお、末句の「待たなむ」というのは、「待っていて欲しい」と相手に望む意味になってしまい、正しくは「待ちなむ」とあるべきだが、*『新古今集』の賀歌に「影を待たなむ」と詠む例があり、聞き慣れたそれに従ったのであろう。

*永らへて……―新古今集・雑中・一六三六・二条院讃岐。

*『新古今集』の賀歌に―「相《あひ》生《おひ》の小《を》塩《しほ》の山の小松原今より千代の影を待たなむ」（新古今集・賀・七二七・大弐三位）。

46

山は裂《さ》け海はあせなむ世なりとも君に二心《ふたごころ》わがあらめやも

【出典】金槐和歌集・雑・六六三

たとえ山が裂け、海が干上《ひあ》がってしまう世となっても、後鳥羽院に対して二心を持つようなことが私にあろうはずもありません。

『金槐集』の最後を飾《かざ》る歌である。この前に並ぶ二首、

*大君《おほきみ》の勅《ちよく》を恐《かしこ》み千々《ちち》わくに心はわくとも人に言はめやも

*東《ひんがし》の国に我《わ》がをれば朝日さす藐姑射《はこや》の山の影となりにき

を含め、「太上天皇の御書下《ごしよくだ》し預りし時の歌」という詞書がかかる。後鳥羽院から御書を貰った時のその心境をうたったものである。

最初の「大君」の歌は、後鳥羽院の勅《ちよく》を尊《とうと》んでその意に従いたいと思うも

【詞書】太上天皇《だいじようてんのう》の御書下し預りし時の歌。

【語釈】○二心―表と裏の相反する心、謀反《むほん》の心。「にしん」ともいう。

*大君の……―上皇のお言葉を畏れ多く戴き、あれこれと心は思い乱れますが、それ

のの、それを周《まわ》りにうかつには言えないという。当然のことながら、実朝には、天皇に近い貴種《きしゅ》、源氏の末裔《まつえい》としての矜持《きょうじ》と忠誠心があったであろう。しかし、天皇家に対する忠節をストレートに示すことは幕府の頂点に立つ将軍としてはできない、この歌には自らの存在に対する心の乱れが現れている。

二首目の「東の国に我がをれば」という語は、東国にいる将軍としての存在を示したもので、武家勢力がなくては世は立ち行かないことを訴える。しかし、心は「朝日さす藐姑射《はこや》の山」に寄り添う影となっていると後鳥羽院への恭順《きょうじゅん》の思いを述べているのである。実朝のこの立場は、九条《くじょう》家や定家ら親幕派《しんばくは》の見解や、*慈円《じえん》の『愚管抄《ぐかんしょう》』が展開した公武両立論に添《そ》っている。

そしてこの「山は裂け」の歌である。あり得ないものの喩えであるが、実朝は*和田合戦《わだかっせん》でそれに近いものを経験した。さらに、その直後に鎌倉を襲った大地震で現実に「山が裂ける」のを見た。たとえそうなったとしても、院に対する忠誠は変わりませんと強く訴えたのである。大げさな表現であるが、実朝の本心の一端を示したものであることも確かであろう。

しかし一方では、これら三首の歌に示した実朝の心は、上皇《じょうこう》から非難を受けた際の弁明《べんめい》ではないかとする見解もある。問題は実朝からこれらの歌を

を人に話したりできましょうか。「千々わく」は千々に、あれこれと。「心わく」とは思い乱れること。

*東の……―東の国に住む私は、当然上皇様のおられる朝日のさす藐姑射の山の影としてお仕えする身でございます。「藐姑射の山」は中国で仙人が住むという伝説上の山、上皇が住む仙洞御所《せんとうごしょ》を言う。

*慈円―九条兼実の弟で良経の叔父。天台座主《てんだいざす》、後鳥羽天皇の護持僧となる。『新古今集』入集数第二位の歌人。

*和田合戦―建暦三年五月、和田義盛が起こした謀反を北条氏が誅罰した事件。負傷した武士の数は千余人という。

引き出した後鳥羽院の「御書」がいつの時のことであったのかということになり、いくつかの候補が考えられている。

一つは、建暦《けんりやく》三年（一二一三）二月、実朝が閑院内裏《かんいんだいり》の造営《ぞうえい》を援助した恩賞《おんしょう》として正二位《しょうにい》に叙《じょ》せられた時点で、実朝の態度をよしとして、彼を慰問《いもん》する院から送られてきた手紙に感激して詠んだとするもの。

また、同年八月十八日、実朝が御所《ごしょ》の南面で和歌数首を*独吟《どくぎん》した時の歌ではないかとする説もある。この話は『吾妻鏡』に見えるが、五月二日と三日、鎌倉に和田合戦が起こり、御所まで炎上した。実朝は、九日にはその鎮《ちん》定《てい》を知らせる将軍教書を在京の御家人に送っており、院御所の守護《しゅご》に専念するように伝えている。それが、定家の『明月記《めいげつき》』によると、八月に入って鎌倉滅亡という噂《うわさ》となって広がっていたという。和歌文書を依頼する実朝の手紙で、これが誤りであったと知った定家は十七日、和歌文書を実朝へ届けたが、その時に院の見舞いの御書も添えられていた。この院の見舞いに応《こた》えるために、翌十八日、『吾妻鏡』がいう独吟の歌を詠んだのではないかとみるのである。この場合も、やはり院の意を迎えて感激の歌を詠んだことになる。

他方、後鳥羽院から、*幕府の態度を詰問《きつもん》する手紙が送られたために、実朝

＊独吟した時の歌—鎌田五郎氏の説。

＊幕府の態度を詰問—片野達郎氏の説。

【補注】二番目の「東の国に」の歌がいう東西の方向性には問題があり、実朝のいる東からすれば上皇のいる西が陰になるので、上皇を貶《おとし》めたことになる。それで、諸家、解釈に苦労している。斎藤茂吉は古今集の「寄る辺なみ身をこそ遠く隔てつれ心は君が影となりにき」（恋三・六一九・読人知らず）によったとし、私の心は貴方に寄り添う影だという意味だとする。また「朝倉や木の丸殿にわが居れば名乗りをしつつ行くは誰が子ぞ」（新古今・雑中・一六八九・天智天皇）にあるように「我が居れば」は軽い意味で、東にいるから西が陰になるというような「原

が院への恭順《きょうじゅん》の心を詠んだものという考えもある。彼がまだ十五歳であった建永《けんえい》元年（一二〇六）、後鳥羽院は地頭《じとう》職の停廃《ていはい》を提案したが、幕府は頼朝恩賞の地という既得権《きとくけん》を理由にこれを拒否し、この辺《あた》りから公武の軋轢《あつれき》が表面化し始めた。これ以降、実朝が崇拝の対象とした後鳥羽院と幕府の利害が一致することはなかった。院が詰問《きつもん》状を送る可能性はあっただろう。

成長した実朝が、鎌倉と後鳥羽院の間で苦悩しつつ、なお院への敬愛《けいあい》の真意を伝えようとしたのだとしたら、その時期はやはり、建暦三年の和田合戦をくぐり抜けた時点しか、これらの歌、特に三首目の歌の強い言葉を詠む機会はなかったであろう。

この後、実朝は朝廷の官職《かんしょく》に異様ともいえる執着を見せ、北条義時や大《おお》江広元《えのひろもと》から諫言《かんげん》されるのが、建保《けんぽう》四年（一二一六）九月、実朝二十五歳のことである。天皇家の尊厳《そんげん》を侵《おか》さずに、一方で東国の統治者として君臨《くんりん》すること、その両者を守るために、実朝はやむなく朝臣《ちょうしん》として官位の昇進を執拗《しつよう》に望んだのかもしれない。決意して自らの道を選び取って進む実朝の姿が見える。

『金槐和歌集』の末尾を飾るこの三首は、いわば実朝における状況と心意《しんい》との乖離《かいり》を、院に正直に伝えようとした歌ということができるのである。

因」を言うものではないとする。片野達郎氏はこの解釈を女性的として退け、「私が東国にいるために、心ならずも上皇のいる仙洞御所は日蔭となってしまいました。自分の存在が上皇のご威光を冒《おか》し奉《たてまつ》ることになり畏《おそ》れ多いことです」という意だと取る。また東を東夷《とうい》の意、藐姑射の山を中国のある西と取れば問題なく西が優位にくるという見解もある。しかし、古歌の世界の言葉で歌を詠む実朝であることを見てきた我々は、この歌だけを例外とすることはできない。女性的などという現代人の目ではなく、実朝の立場に立てば、彼は古今集の言葉で歌を詠んだという茂吉の考えに従うべきであると考える。

47

出《い》でて去《い》なば主《ぬし》なき宿となりぬとも軒端《のきば》の梅よ春を忘るな

【出典】吾妻鏡・建保七年一月十七日条

私が出ていってしまったら、主人のいない家となってしまうだろう。そうなったとしても、軒端の梅よ、春を忘れることなくまた花を咲かせておくれ。

実朝の暗殺を伝える『吾妻鏡』建保《けんぽう》七年（一二一九）一月十七日の記事の後に載る長文の記述に見える歌である。実朝の辞世《じせい》の歌だともされるが、当然ながら『金槐集』には見えず、実朝の最期《さいご》の状況にあまりにもぴったりとしていることから、*他人の偽作《ぎさく》であろうとする向きも多い。

誰でも気づくようにこの歌は、菅原道真《みちざね》が都から大宰府《だざいふ》へ左遷《させん》されたとき詠んだとされる有名な歌「*東風《こち》ふかば匂ひおこせよ梅の花 主《あるじ》なしとて春を

【吾妻鏡前文】意訳して示す。そもそも今日の一大事については、異変を示すようなことが一つならずあった。御出立の時に大江広元が「将軍に近づくと涙が止まらない。わけがある事だろうから、故頼朝公が東大寺大仏落慶供養の日に束帯の

忘るな」にそっくりである。実は、こうした伝説上の歌を後世《こうせい》の人間が物語上の他の人物の詠《えい》として引用することはよくあった。

しかし、実朝が梅花《ばいか》を好んでいたことも確かである。『金槐集』には「宿の梅」や「軒端の梅」を詠んだ歌がいくつか載っている。08の歌では、塩屋朝業《ともなり》に梅花の枝を折って贈ったともあった。また、承元《じょうげん》五年（一二一一）閏《うるう》正月九日の『吾妻鏡』の記事には、鎌倉永福寺近辺の梅の木が御所の北面に移されたと書かれている。もと京都北野天満宮《きたのてんまんぐう》の梅の種から取ったもので、濃い香りが素晴らしく、鶯《うぐいす》の巣までかかっていて、実朝はこの梅を大層慈《いつく》しんだという。実朝鍾愛《しょうあい》の梅が、道真ゆかりの梅であるというのも、いかにも条件が揃い過ぎている感がある。

逆にいえば、非業《ひごう》の死を予感した実朝の覚悟《かくご》を示した歌として、それだけ悲しく、彼の辞世として伝説化される要素がたくさんあったと言うことができる。実際、実朝は遠くない「死」があることをいつも覚悟していたのであろう。『吾妻鏡』の作者は、不吉《ふきつ》な異変を描き実朝の死を逃れようがないことと印象づけながら、この和歌で美しく飾って、実朝を悼《いた》んだのである。

下に腹巻の鎧を付けて出られた例に倣《なら》うべきだ」という。源仲章がこれを止めた。また宮内公氏が実朝の髪を整えるために参上すると、実朝は自ら髪を抜いて記念に下さった。それから庭の梅を見てこの不吉な歌をお詠みになった。御所の南門をお出になるとき、鳩が頻《しき》りに鳴き、牛車《ぎっしゃ》をお下りになる時は、名剣が突き折れたということだ。

＊他人の偽作であろうとする向き―小林秀雄・吉本隆明など。大谷雅子氏は『六代勝事記』が創作したものを『吾妻鏡』が踏襲したとする。（「実朝の最期の作は偽作か」『和歌が語る吾妻鏡の世界』）。

＊東風ふかば……―拾遺集・雑春・一〇〇六・菅原道真。

歌人略伝

平治の乱後、伊豆に流されていた源頼朝《よりとも》は、治承四年（一一八〇）に挙兵、関東の武士団をまとめて東国支配の基礎を固め、文治元年（一一八五）には諸国の守護《しゅご》・地頭《じとう》職の任命権を獲得、全国支配に成功して鎌倉幕府を実質的に確立した。実朝はその頼朝の息子として、父親が征《せい》夷《い》大将軍職に就《つ》いた建久三年（一一九二）八月に生を受けた。その誕生は、幕府の興隆を象徴するかのごとく、父を始め幕府重臣に祝福された幸せに満ちたものであった。

ところが、実朝八歳の年に頼朝が亡くなり、兄の頼家《よりいえ》が二代将軍に就く。そこで幕府の実権は母方の北条氏が握ることとなり、源氏による専制阻止を狙った御家人の合議制や執権職の世襲《せしゅう》制が画策される中、梶原、比企《ひき》、畠山、和田氏ら頼朝以来の有力御家人は内紛《ないふん》によって消されていく。頼家も将軍職を追われて惨殺《ざんさつ》された。十三歳で三代将軍に擁立《ようりつ》された実朝は、その成長後、政所《まんどころ》の整備に努め法令を整えるなど、積極的に政治に取り組む。しかし一方で和歌や蹴鞠《けまり》などを好み、京都から御台所《みだいどころ》を娶《めと》り、定家《さだいえ》ら公家《くげ》と交流し、朝廷の官職を求めるなど、京の貴族文化への憧れを強く示し始めた。そこで御家人の離反にあった彼は、陳和卿《ちんなけい》の勧めもあり、中国へ渡るための渡宋船の建造を命じる。船は進水時に座礁《ざしょう》してしまい、その失意は深かったことだろうが、その後も彼は政務を裁き、歌会にも親しみ、従《しょう》容《よう》として死へと向かう。源氏の正統は自分で断絶すると覚悟し、「飽《あ》くまで官職を帯し家名を揚げんと欲す」と求めた右大臣職を手にした翌月の建保七年（一二一九）正月二十七日、鶴《つるが》岡《おか》八幡宮参拝の夜に、二十八歳で甥の公暁《くぎょう》によって暗殺された。

略年譜

年号	西暦	年齢	実朝の事跡	歴史事跡
建久三年	一一九二	1	八月九日、誕生　幼名千幡	父頼朝この年征夷大将軍
十年	一一九九	8		頼朝没（五十三歳）
建仁三年	一二〇三	12	実朝の名を後鳥羽院より授かり、九月、征夷大将軍となる	兄頼家出家　比企氏滅ぶ
元久元年	一二〇四	13	「蒙求和歌」「将門合戦絵」を入手　十二月、坊門信清の娘実朝御台所として鎌倉に下着	七月、頼家修善寺で殺害される
二年	一二〇五	14	四月、十二首の和歌を詠む　九月、「新古今和歌集」を入手	三月、新古今和歌集の竟宴　北条義時執権に就く
三年	一二〇六	15	二月、雪を見物、義時の山荘で和歌会	
承元二年	一二〇八	17	一月、蔵書、累代の文書を焼失、五月、「古今集」入手	
三年	一二〇九	18	七月、二十首を住吉社に奉納　三十首の歌稿を定家に送り、定	

			家は「近代秀歌」を献上	
四年	一二一〇	19	種々の和歌会を持つ　五月、三代集を入手　十一月「奥州十二年合戦絵」を見る	順徳天皇即位
建暦二年	一二一二	21	定家、消息と和歌文書を献上「小町盛衰図」「本朝大師伝絵」を珍重	
三年	一二一三	22	種々の歌会 歌絵巻二十巻、定家より文書、「万葉集」を入手	五月、和田合戦にて義盛死す
建保元年	一二一三	22	十二月、「金槐和歌集」成立	
建保二年	一二一四	23	蹴鞠書一巻、後鳥羽院秋十首歌合等を入手	栄西、実朝に「喫茶養生記」献上
三年	一二一五	24	後鳥羽上皇四十五番歌合を入手	北条時政没
五年	一二一七	26	観桜和歌会　四月、渡宋船完成進水に失敗	
六年	一二一八	27	六月、任大将　十月、任内大臣和歌会　十二月、任右大臣	
七年	一二一九	28	正月二十七日、鶴岡八幡にて公暁により殺害さる	

解説　「源実朝の和歌」――三木麻子

はじめに

実朝という人物を一言で評価することはむずかしい。鎌倉三代将軍として武家の目でみれば京文化を好んで軟弱の徒、万葉調のスケールの大きな和歌を詠むから男性的などと、歴史的にそしられたり褒《ほ》められたり、そのイメージは両様に交錯《こうさく》する。

もとはといえば、その評価の揺れは、彼が『金槐《きんかい》和歌集』に六百首以上の和歌を残したことに起因《きいん》する。逆にいえば、その実朝の和歌を先入観なしに読むことでしか、実朝という人間の内実に迫る方法はないと言えよう。

とはいえ、鎌倉幕府が編んだ歴史書『吾妻鏡《あずまかがみ》』が、実朝の和歌活動をかなり詳細に記録していることも事実であり、実朝を文弱《ぶんじゃく》とする考えはすでにここにある。たとえば建保元年（一二一三）九月二十六日の条に見える「当代（実朝）は歌や蹴鞠《けまり》を業として、武芸は廃《すた》れている」という長沼宗政の批判などがその筆頭だが、彼の怒りには別の理由があり、最近の研究では、武芸と歌や蹴鞠は等しく重視されたことも報告されている。『吾妻鏡』の執筆の姿勢が北条氏や幕府寄りになることはやむを得ないとしても、その記録から分かることも多い。和歌と記録に見える事実を重ねて、実朝像を描いてみることが大切であろう。

金槐和歌集

実朝が残した家集を『金槐和歌集』という。鎌倉の「鎌」の偏である「金」に、大臣の異称である槐門《かいもん》の「槐」を組み合わせたものである。実朝は建保六年十月に内大臣、十二月に右大臣になったが、翌年の正月にはすでに甥の公暁《くぎょう》によって殺されているので、この「金槐」という集名は実朝によって付けられたものではないだろう。しかしながら、この歌集に収められた六百六十三首の和歌本文と、そこに付された詞書や部立《ぶだて》の立て方、配列が、実朝の精神を伝えてくれることは間違いない。

この『金槐集』の伝本は大きく分けて二種類ある。重視すべきものは定家所伝本とされる『金槐集』で、建暦三年（一二一三）に実朝が京の藤原定家に送った自撰の家集を、定家が中心になって書写したとされる本の系統で、巻末に「建暦三年十二月十八日」という日付を記した定家筆の奥書がある。さらに別筆で「かまくらの右大臣家集」と書き付けられるのはまた後の事となろう。実朝が送った原本は、定家が合点《がってん》など入れて実朝に返したのか、後鳥羽院《ごとばいん》あたりに献上されたのかはわからない。また建暦三年は十二月六日に建保と改元されたので、奥書の日付にも不審が残る。しかし、実朝の生存中に実朝自らが編纂《へんさん》して和歌の師である定家に送った本であるので、資料として重要であり、本書のテキストもこれに拠《よ》っている。

ちなみに、実朝の家集には、この定家本とは別系統をなす柳営亜槐《りゅうえいあかい》本がある。編者柳営亜槐が、定家本の部類は不審が多いので改めたと記す奥書があって、その編者は足利義政《よしまさ》説が有力とされる。定家本の配列と実朝歌を後人《こうじん》がどのように見たかという意味で、また定家本にない歌も補入されている点で有益であり、七百十九首を収める。江戸時代の貞享《じょうきょう》年間に刊行されたので貞享本とも言われ、古くはこちらの方が流布した。

実朝の古歌学習

実朝の万葉調の歌を賞賛したアララギ派の斎藤茂吉《もきち》は、その著『源実朝』の中で、

実朝が本歌取りをしたのは当時の教育によったのである。そういう作歌の態度は無論作歌の大道ではないが、実朝はそういう時代に生まれたのである。(中略) 実朝は優れた歌の句を見抜く眼力があった。それから、それを本歌として自己本来の歌をつくる力量を有《も》っていた。かくの如き歌人を褒《ほ》めずに後代の吾等は誰を褒めるか。

と述べている。本歌取《ほんかど》りが作歌の大道ではないというのは、写生を重んじたアララギ派歌人としての視点であるが、実朝の作歌の本質が本歌取りにあったことを、さすがに無視していない。彼はまた「およそ実朝の歌全部を大観すれば、実に広汎なる本歌取りの歌境であって、新古今、古今、拾遺、万葉という具合に、同時的にも相交錯しておもう存分にその影響を受けている」とも言う。実朝の歌作りの根底にある「広汎な本歌取り」という姿勢を見抜き、彼の中に、優れた本歌を選んでそこから「自己本来の歌」を作り出す力量を認めたことはまさに正鵠《せいこく》を射ていよう。

広い社会に開かれた現代短歌の世界では、オリジナリティが尊重されるのは当然であろうが、都を中心とする狭い貴族社会の中で作りあげられてきた古典和歌の世界では、そこで育てあげられた伝統的な美意識に寄り添うことが肝要になる。都から遠く離れた鎌倉にいる実朝にとって、和歌はまず何よりも古典から学びとるものであった。

伝統の中の和歌

紀貫之《きのつらゆき》が書いた『古今集』仮名序《かなじょ》によれば、和歌とは「人の心を種として万《よろづ》の言の葉とぞなれりける」というものであり、「心に思ふことを、見るもの聞くものにつけて、言ひ出《い》だせる」、それが歌であった。そして、平安時代も後期になると、『古今集』以来の代々の王朝人が詠んだ歌が、どんどんと積み重なっていく。和歌は、新しく「見て思ったこと」を詠むというよりも、「心に思ふこと」を託す「見るもの・聞くもの」を、先行する和歌の中に見出して詠むものとなった。つまり、『古今集』という規範となる歌集のなかで、景物はどのように詠まれてきたのか、どういう心がどのように表現されてきたのかが問題となる。それは伝統となって、歌人たちの詠歌《えいか》を規定していたのである。鎌倉時代に入って、『新古今集』の時代になると、本歌取りという手法が流行するが、それはこうした和歌の詠み方がすでにあったからである。実朝もこうした歌作りの方法を学び取っていったのだった。

実朝の方法

実朝の前には『新古今集』や三代集、『万葉集』の歌々があった。それ以外にも和歌文書、参考となる歌学書の類も目にしたことだろう。それらを規範に、実朝の歌作りは始まったのである。だから実朝の和歌は、厳密には定家ら都の専門歌人たちが編み出した本歌取りというのとは違っている。『新古今集』の本歌取りは、新しい複雑な「心」を詠み出すことを目的として意図的に古歌《こか》を利用する。しかし、実朝の場合は、新古今時代の「本歌」という意味よりも広く、詠もうとする「このテーマ」、「この言葉」を、参考とする先行歌から探り当てて、その先行歌の世界に自分のテーマを寄り添わせて詠むのであった。古歌の心や言葉を、いわば「借りた」というのに近い。実朝にとっては、古歌の「心」も、「言葉」も二つながら大事なものだったのである。

伝統の和歌の心と言葉を借りるというのは、新しく和歌を学び始めた実朝の周辺の東国武士たちも同様だったろう。『新古今集』に続く十三代集の歌や、江戸時代の歌人たちの多くも、むしろこの実朝に近い方法で本歌取りを行っていたように思われる。

さらに、実朝は、京での流行などとは関係なく、書物から学んだ歌語の中で好きなものを繰り返して使う。何が実朝を捉えたのかは、個々の歌で判断するしかないが、特に古めかしい言い回しや、万葉語にも魅力を感じているのは、その重々しさからだろうか。特定の時代に左右されない言葉に対する感覚の鋭さ、センスの良さは、後にそのような作歌方法においても自らの孤独な心を投げ出すように表現する方法を摑《つか》み取っていくのである。

実朝の感性

新古今和歌の研究者であった小島吉雄氏は、かつて実朝を評して「実朝には歌語に対する特殊な感覚が発達していたらしい」と指摘したが、この言葉は実朝の感性の特質をよく言い当てている。古歌をただ並べただけでは、その歌は人に感動を与えるものにはならないだろう。実朝の歌が感動を与えるのは、実朝の心にもともとそうした古歌の言葉を感受する繊細な心があったからであるだろう。

実朝の歌をただ万葉調などと一言で括《くく》ることは危険である。『古今集』以降の歌人たちが、『古今集』によって学び、『古今集』に選ばれた感性や言葉・心によって作歌してきたという和歌の伝統。それを実朝は初学期から一瞬にしてくぐり抜け、「もう新古今も古今も万葉も皆共に実朝が歌を作るに際して役だった」（斎藤茂吉）というところに到達したのである。

こうした点からみると、実朝は、聡明で純粋な、そして努力する若者であったのだろう。源氏の末裔《まつえい》として貴種の誇りを持ち、朝廷の権威に従いつつも、将軍としての務めも果たそうとした。政道に携《たずさ》わる王者として誠実であった故に、和歌の道も極めなければならないと思ったのではあるまいか。

和歌と実朝

和歌以外にも、彼は蹴鞠を嗜《たしな》み、合戦絵巻や歌絵巻を求めて得たり、障子絵に注文を付けたりした。絵画に関心が深かったことも、作歌に対して有益に働いたであろう。

しかし、何よりも古典和歌という存在は、知的で言語感覚に優れた彼にとって、恰好《かっこう》の表現手段として大きな意味を持ったのだ。錯綜《さくそう》する権力の中枢にいて、通常の会話での通信の手段を閉ざされていたとき、学んだ和歌の言葉を使い、独自な感覚で歌に組み上げる。他では容易には表現できない内面を確かに写し留められるものとして、和歌を知ったのである。

言葉を縦横に組み立てる情熱と、青年の持つ正義感や心象が最高に組み合ったと判断したときに、彼はそれまで作ってきた歌を家集に編纂し、文武を生きる東の王者として、後鳥羽院に贈るという決意を固めたものと思われる。建暦三年（一二一三）のことである。泉親平《ちかひら》の謀反や和田合戦、八月夜の怪異や十月の雷鳴と狐が鳴く変異など、実朝には、心騒ぐ辛いことの重なる時期でもあったが、和歌活動においては最高の頂点を迎えた。十四歳で初めて和歌を知ってから八年。家集を持つ齢としては、二十二歳のまだまだ十分に早熟な年齢であった。

読書案内

日本古典文学大系『金槐和歌集』　小島吉雄校注　岩波書店　一九六一
　柳営亜槐本によるテキストと頭注。頭注のみで口語訳はないが、補注が詳しい。
新潮日本古典集成『金槐和歌集』　樋口芳麻呂校注　新潮社　一九八一
　定家所伝本をもとにし実朝歌拾遺を含む金槐集テキストと評釈。京との関連を含めた年譜は解説とともに詳細で有益。著者の実朝に対する思いが伝わってくる注釈である。

〇

『金槐和歌集全評釈』　鎌田五郎　風間書房　一九八三
　一首の作風分類と、普通作・秀作などの評価がされ、各歌の注釈史、評論史が付される。参考書として詳細。
鑑賞日本古典文学『金槐和歌集』　片野達郎　角川書店　一九七七
　実朝和歌の抄出からなる鑑賞であるが、実朝歌の特徴が全般的によく理解される優れた鑑賞が多い。

〇

『源実朝』　斎藤茂吉（全集一九）所収　岩波書店　一九七三
　長きにわたり歌人の目で深められた研究・評釈を一九四三年にまとめたもの。実朝の万葉調を高く評価して世間に知らしめたことで知られ、現在も価値は薄れていない。

『源実朝の作家論的研究』　鎌田五郎　風間書房　一九七四
研究評論史は実朝に関する論評の歴史を網羅し、資料的価値が高い。
日本の作家『源実朝　悲境に生きる』　志村士郎　新典社　一九九〇
家系と生い立ち、実朝を取りまく側近や指導者との関係を中心に描く評伝。
〇
「実朝」　小林秀雄　新潮文庫『無常といふ事』所収　一九四六
実朝が身辺で横死した人との亡霊に悩み、「憂悶」「孤独」の和歌を詠んだと説く、和歌鑑賞のエッセイ。
日本詩人選『源実朝』　吉本隆明　筑摩書房　一九七一
戦後の詩壇と評論をリードした著者による古典詩人論。詩と制度に引き裂かれた実朝を描く。
『実朝考—ホモ・レリギオーズの文学』　中野孝次　河出書房新社　一九七二
ドイツ文学者による評論。実朝をホモ・レリギオーズ（宗教者）と呼び、実朝の和歌に「絶対的孤独者」の魂を見る。
〇
「右大臣実朝」　太宰治　新潮文庫『惜別』所収　一九四五
従者が実朝を讃美する回想形式の小説。実朝を明るく孤独に耐える理性的な人間として描く。

【付録エッセイ】　人生の教科書［情報編集力をつける国語］（筑摩書房　二〇〇七年一〇月）

古典は生きている

橋本　治

橋本《はしもと》　治《おさむ》（作家）［一九四八――］『桃尻娘』『窯変源氏物語』。

◎鎌倉時代に、京都の王朝貴族たちがやったこと

鎌倉時代は「武士の時代」です。平家を滅ぼした源頼朝《よりとも》が、鎌倉に幕府を開きました。鎌倉時代は「鎌倉の時代」ですが、だからと言って京の都がなくなったわけじゃありません。ちゃんと京都に天皇はいますし、貴族だっています。京都は日本の〝首都〟のままで、貴族たちの王朝文化は滅んだわけじゃなく、ちゃんと健在でした。『新古今和歌集』というすばらしい和歌集もこの時代の京都で生まれました。『紫式部日記絵巻』とか、『枕草子絵巻』というのも、この時代の京都で描かれたものです。あの有名な『小倉百人一首』だって、この時代に作られました。

京都で、王朝文化は健在でした。あるいは、京都ではますます王朝の文化が健在でなければなりませんでした。その理由は、政治の実権が鎌倉に移ってしまったからです。

平安時代の貴族は、なんにもしませんでした。皮肉ではなくて、ほんとになんにもしなかったのです。公式使節を中国へ送る「遣唐使」だって、平安貴族はめんどくさがってやめて

しまいます。それで中国からの影響がなくなって、十二単《じゅうにひとえ》をはじめとする平安時代の「国風文化」が生まれたのです。ウソじゃありません、ホントのことです。

平安貴族がやったのは、「自分たちが楽しむ」ということと「組織内の出世競争」だけで、あとはなんにもしませんでした。「趣味と人事異動とお祭り」それと「恋」だけで生きていたのが平安時代の国家公務員です。「酒飲んで社内の噂話《うわさばなし》しかしないサラリーマン」というのも、平安時代からの伝統でしょう。つまり、「文化だけはあったけれども、あとはなんにもなかった」というのが、平安時代です。

そのノンキな時代が崩れて、「武士の時代」がやってきます。なんにもしなくてもエラソーにしているのが貴族なら、武士というのは「戦うもの」です。戦ったら、貴族は武士に勝てません。でも、たった一つだけ貴族にも勝てるものがあります。それは「文化」です。

鎌倉時代に、京都の貴族たちは鎌倉幕府を中心とする関東の武士たちを、「東夷《あずまえびす》＝東の野蛮人」と呼んでいました。悪口も「文化」です。こういうことには京都の貴族たちも年期が入っていますから、得意です。「野蛮人」なんだから「文化」なんか知らない。だから、「いいだろう」と「すばらしい文化」を見せつければ、京都の貴族たちは関東の武士たちに勝てるのです。「文化」というものは、戦いに勝てない王朝貴族たちがひそかに関東の武士たちに送りこんだ「刺客」のようなものだったのです。それが、「もう一つの鎌倉時代」です。

この時代に京都の王朝文化が盛んになるのは当然で、それをしなかったら、京都の貴族たちは絶滅するしかなかったのです。

◎『新古今和歌集《しんこきん》』を作った後鳥羽《ごとば》上皇は、文武両道の人

この時代の後鳥羽天皇は、壇の浦に沈んだ安徳天皇の腹違いの弟で、即位したのは四歳の時でした。兄の安徳天皇は、三歳で即位して八歳で死にました。この時代の天皇は、ただの「シンボル」ですから、子供でもかまわないのです。ところが幼くして位についた後鳥羽天皇は、成長するに従って、時代が武士のものになっていることを知りました。

後鳥羽天皇――後に譲位して後鳥羽上皇は、『新古今和歌集』の編纂《へんさん》を命じた文化的にもすぐれた人なのですが、この人はその一方で、「武」の方にも強い関心を持ちました。それ以前にも「和歌を詠《よ》む武士」というのはいましたが、「戦いにのめりこんだ和歌の名人」という形の文武両道は、この人が最初です。「武士の時代の帝王は武にもすぐれていなければならない」ということなのでしょうが、「武」に走った帝王は、「承久《じょうきゅう》の乱」というものを引き起こして負けました。隠岐《おき》の島に流されて、それでも後鳥羽上皇は、一人で『新古今和歌集』を「ああだ、こうだ」といじくり回していました。

『新古今和歌集』は、「国家が作る和歌集＝勅撰《ちょくせん》和歌集」です。後鳥羽上皇の中には、「朕《ちん》は国家なり」という考えがあったのでしょう。「オレの作る和歌集に気に入らない人間の和歌は入れない」とばかりに、鎌倉方と仲のよかった歌人の和歌を削ってしまったという話もあります。「武を取り上げられても、オレにはまだ文がある」というところが、さすがに筋金入りの王朝文化の継承者です。

鎌倉時代には、そういう「王朝文化の人」もいました。

◎鎌倉幕府をひきいる女豪傑《ごうけつ》・北条政子《ほうじょうまさこ》

京の都には、そういう厄介な「文化の人」もいました。こういう人に戦いを挑まれた鎌倉幕府を指揮するのは、男ではありません。「女」の北条政子です。平安時代の女性はもっぱら「文化」の方で有名ですが、鎌倉時代の女は、がぜん「政治の人」です。北条政子が書いた「日記」とか「和歌」なんて、聞いたこともありません。

北条政子は、もちろん、鎌倉幕府の創設者・源頼朝の正夫人です。正夫人なのになんで苗《みょう》字《じ》が違うのかと言えば、江戸時代になるまで、日本は男女別姓が当たり前だったからです。

源頼朝は、北条氏やその他の関東の豪族たちの助けを得て、平家を倒しました。そして、北条氏やその他の関東の豪族たちの要請を受けて、鎌倉に武士たちの政権である幕府を作りました。鎌倉幕府の初代将軍は源頼朝ですが、鎌倉幕府というのは、どちらかと言えば、そのバックにいた「北条氏の政権」なのです。頼朝が死んだ後に北条政子が頑張るのは、当然のことでしょう。

ところで、源頼朝の「死因」というのを知っていますか?

女好きの頼朝は、夜中に若い女のところに訪ねて行って、そこの護衛の男に「誰だ!」と声をかけられて、それに答えなかったので切られてしまった——という説があります。鎌倉幕府の公式見解は、「落馬による死」ですが。

源頼朝は、女好きでした。しょうがないですね。若い時に父親に死なれ、母親とも別れて、やって来た伊豆《いず》の土地では、「妻の一家」のやっかいになっているんですからね。

頼朝は女好きで死にました。跡を継いだのは、息子の源頼家《よりいえ》です。この人は乱暴で、おまけに、くっついた女が悪かった。「妻の言うこと」だけを聞いて、お母さんが頑張っている北条政権を歪《ゆが》めようとします。それで、「お母さんの言うことを聞けないの？ だったら死んでおしまい！」で、頼家は暗殺されてしまった。

「死んだ亭主は浮気《うわき》ばっかりしていた。上の息子は嫁にだまされた。ほんとにあたしはどうしたらいいの！」と怒鳴っているお母さんはどこかにいそうですが、北条政子はそういう「お母さん」でした。

上の息子はどうしようもない。「お兄さんの跡継ぎはお前がおやり」という命令が、下の息子にくだります。鎌倉の三代将軍・源実朝《さねとも》です。

◎源実朝は「田舎の中小企業の社長の息子」

源実朝は、「和歌を詠む将軍」です。源実朝には『金槐和歌集《きんかいわかしゅう》』という彼自身の作品集があります。「東の野蛮人」と都の貴族たちに悪口を言われた関東武士の中で、「自分の和歌集」を持っているめずらしい人です。そういう実朝を、鎌倉の人があんまりよく言うわけがありません。「都かぶれ」というわけですね。

北条政子と折り合いの悪かった兄・頼家の妻は、「比企氏」という関東の豪族ですが、実朝の妻は京都の上流貴族の娘です。「そういう人じゃなきゃやだ」と彼が言ったんですね。実朝が将軍になったのは十二歳、結婚したのは翌年の十三歳です。「十三でそういうことを言うか？」となったら言うでしょう。「もうホントにィ、お母さんの買ってくるのはダサイんだから、靴はナイキじゃなきゃだめだよ」と言う中学一年生なんて当たり前にいます。実朝はそういう少年だったんですね。

そういう実朝ですから、和歌はもうずいぶん若い頃《ころ》から詠んでいたでしょう。和歌を詠んで、都会のおしゃれなお嫁さんをもらって、でも、実朝の住んでいるところは「関東」というイナカです。まわりを見たって「和歌を詠む」なんて人はろくにいやしないんですから、源実朝は、もうほとんど、「ススんだ都会に憧《あこが》れる田舎の中小企業の社長の息子」のようなもんです。

彼は、「自分の現実」にそっぽを向いて、「ススんだ都会の文化」である和歌に生きがいを見いだすしかありませんでした。「お飾りの将軍」だった彼は、それをしても許される立場にいて、彼のまわりには、彼のことを理解してくれる人なんか一人もいなかったのです。

◎もう一人の「源実朝」を知っていますか？

《箱根路をわれ越えくれば
　伊豆の海や沖の小島に波の寄る見ゆ》

これは、とてもわかりやすい歌です。しかし、源実朝は、実は「おたく青年の元祖」です。「おたく」というのは、もうちょっと複雑でややこしい心理をかかえているものなんじゃないんでしょうか？　「おたく」というのは、「男性的」とか「単純」とか「明快」というのとは違うところにいるものです。「お嫁さんは京都のお姫さまじゃなきゃやだ！」というブランド志向の強い実朝と、《箱根路を――》の和歌を詠む実朝とは、全然違う人物じゃありませんか？　なんかへんですね。

源実朝のもう一つの歌をあげましょう。

《大海の磯《いそ》もとどろに寄する波
破《わ》れて砕けて裂けて散るかも》

「大海原で波が砕け散っている雄大な光景」が、都のチマチマとした和歌と違って『万葉集』っぽい——いかにも鎌倉の青年将軍だ、というところなんですが、本当にそうでしょうか？

これは、実朝の「男性的な面」を代表する歌として有名ですが、この和歌は本当に「雄大」でしょうか？

よく注意して見てください。

問題は、「波」です。「破れて」「砕けて」「裂けて」「散る」です。こんなにごてーねーな「波の表現」って、ありますかね？　なんか、「アブナイ」って感じ、しませんか？「破れて、砕けて、裂けて、散る」んです。なんか、ヤケクソって感じがしませんか？　実朝のいた〝環境〟というのを考えてください。ずいぶんストレスがたまりそうな世界ですよね。そういう世界にいた若者が、「破れて、砕けて、裂けて、散る」なんて歌うのは、かなりのもんじゃないでしょうか？

どっかで、「死ね！　死ね！　死ね！　死ね！」という声が聞こえるような気がしませんか？

実はこの歌、「大海原の光景」を歌ったものであるのと同時に、彼の中にある「絶望的な心情」がそのまま歌になってしまったものなんです。「源実朝」は、そういう人でもあるんですね。

◎絶望の歌

もう一つ、こんな和歌があります――。

《萩《はぎ》の花暮々までもありつるが
　月出《い》でて見るになきがはかなさ》

「日暮れまであった萩の花が、月が出た後で見たらなかった」です。「萩の花が散っただけで〝はかない〟なんて、こいつなにを考えてんだ?」と思う人もいるでしょう。でもこの歌は、とんでもなく「寂しい歌」です。自分が大事にしていたものが、いつの間にかなくなっている――それを、ただ「ないんだ……」と思って見ている若者が、ここに一人いるんですね。

その若者が「どういう人」かというと、こういう和歌を詠む人です――。

《はかなくて今宵あけなばゆく年の
　思ひ出もなき春にやあはなむ》

この人の「はかなさ」は、こういう種類のものです。「大みそかの歌」です。「今夜が明けたら新年だ」という時に、彼はどういう「新年」を思い描いているのでしょう?

彼の思う「新しい年」は、「今年一年なんの思い出もなかった。〝なんの思い出もなかったな〟と考える新年が来るんだな」です。そんな「新年」が来る前の「一年の最後の夜」は、そりゃ「はかない」でしょう。この人の「孤独」の深さにぞっとしませんか？

源実朝は、実は、そういうとんでもない寂しさを抱えていた人なんですね。彼のいた「環境」を考えれば、これも当然です。源実朝は、「おたくの元祖」なんです。「和歌以外に自分のことを訴える手段がなにもない」というのは、こんなことをさします。

三木麻子（みき・あさこ）
＊1955年兵庫県生。
＊大阪女子大学大学院修士課程・関西大学大学院博士後期課程修了。
＊現在　夙川学院短期大学教授。
＊主要著書
『八雲御抄の研究』（共著・和泉書院）
『海人手子良集　本院侍従集　義孝集　新注』（共著・青簡舎）
「『八雲御抄』と『源氏物語』」（『源氏物語の展望』第四輯・三弥井書店）

源《みなもとの》実朝《さねとも》　　コレクション日本歌人選　051

2012年6月30日　初版第1刷発行
2017年7月10日　再版第1刷発行

著者　三木麻子
監修　和歌文学会

装幀　芦澤泰偉
発行者　池田圭子
発行所　有限会社　笠間書院
東京都千代田区猿楽町2-2-3［〒101-0064］
NDC分類 911.08　　電話 03-3295-1331　FAX 03-3294-0996

ISBN978-4-305-70651-5

印刷／製本：シナノ
乱丁・落丁本はお取り替えいたします。　（本文用紙：中性紙使用）
出版目録は上記住所または info@kasamashoin.co.jp まで。

コレクション日本歌人選　第Ⅰ期〜第Ⅲ期　全60冊完結！

第Ⅰ期　20冊　2011年（平23）2月配本開始

1	柿本人麻呂	かきのもとのひとまろ	高松寿夫
2	山上憶良	やまのうえのおくら	辰巳正明
3	小野小町	おののこまち	大塚英子
4	在原業平	ありわらのなりひら	中野方子
5	紀貫之	きのつらゆき	田中登
6	和泉式部	いずみしきぶ	高木和子
7	清少納言	せいしようなごん	圷美奈子
8	源氏物語の和歌	げんじものがたりのわか	高野晴代
9	相模	さがみ	武田早苗
10	式子内親王	しょくしないしんのう（しきしないしんのう）	平井啓子
11	藤原定家	ふじわらていか（さだいえ）	村尾誠一
12	伏見院	ふしみいん	阿尾あすか
13	兼好法師	けんこうほうし	丸山陽子
14	戦国武将の歌		綿抜豊昭
15	良寛	りようかん	佐々木隆
16	香川景樹	かがわかげき	岡本聡
17	北原白秋	きたはらはくしゆう	國生雅子
18	斎藤茂吉	さいとうもきち	小倉真理子
19	塚本邦雄	つかもとくにお	島内景二
20	辞世の歌		松村雄二

第Ⅱ期　20冊　2011年（平23）10月配本開始

21	額田王と初期万葉歌人	ぬかたのおおきみ しょきまんようかじん	梶川信行
22	東歌・防人歌	あずまうた さきもりうた	近藤信義
23	伊勢	いせ	中島輝賢
24	忠岑と躬恒	みぶのただみね おおしこうちのみつね	青木太朗
25	今様	いまよう	植木朝子
26	飛鳥井雅経と藤原秀能	まさつね ひでよし	稲葉美樹
27	藤原良経	ふじわらのよしつね（りようけい）	小山順子
28	後鳥羽院	ごとばいん	吉野朋美
29	二条為氏と為世	にじようためうじ ためよ	日比野浩信
30	永福門院	えいふくもんいん（ようふくもんいん）	小林守
31	頓阿	とんな（とんあ）	小林大輔
32	松永貞徳と烏丸光広	ていとく みつひろ	高梨素子
33	細川幽斎	ほそかわゆうさい	加藤弓枝
34	芭蕉	ばしよう	伊藤善隆
35	石川啄木	いしかわたくぼく	河野有時
36	正岡子規	まさおかしき	矢羽勝幸
37	漱石の俳句・漢詩		神山睦美
38	若山牧水	わかやまぼくすい	見尾久美恵
39	与謝野晶子	よさのあきこ	入江春行
40	寺山修司	てらやましゆうじ	葉名尻竜一

第Ⅲ期　20冊　2012年（平24）6月配本開始

41	大伴旅人	おおとものたびと	中嶋真也
42	大伴家持	おおとものやかもち	小野寛
43	菅原道真	すがわらのみちざね	佐藤信一
44	紫式部	むらさきしきぶ	植田恭代
45	能因	のういん	高重久美
46	源俊頼	みなもとのとしより（しゆんらい）	高野瀬恵子
47	源平の武将歌人		上宇都ゆりほ
48	西行	さいぎよう	橋本美香
49	鴨長明と寂蓮	ちようめい じやくれん	小林一彦
50	俊成卿女と宮内卿	しゆんぜいきようじよ くないきよう	近藤香
51	源実朝	みなもとのさねとも	三木麻子
52	藤原為家	ふじわらためいえ	佐藤恒雄
53	京極為兼	きようごくためかね	石澤一志
54	正徹と心敬	しようてつ しんけい	伊藤伸江
55	三条西実隆	さんじようにしさねたか	豊田恵子
56	おもろさうし		島村幸一
57	木下長嘯子	きのしたちようしようし	大内瑞恵
58	本居宣長	もとおりのりなが	山下久夫
59	僧侶の歌	そうりよのうた	小池一行
60	アイヌ神謡ユーカラ		篠原昌彦

『コレクション日本歌人選』編集委員（和歌文学会）

松村雄二（代表）・田中　登・稲田利徳・小池一行・長崎　健